MEMOIRE

POUR Dame CATHERINE FERRIOL, veuve
du fieur FRANÇOIS VINCENT, Secrétaire du Roi; &
Dame FRANÇOISE FERRIOL, épouse du Sieur
GIRARDON, Receveur au Grenier à Sel de Saint-
Etienne en Forez, fœurs & héritieres de droit du
Sieur Benoît Ferriol, Ecuyer, ancien Héraut
d'Armes de France.

CONTRE le Sieur SONIER-DULAC, Médecin
du feu Sieur Ferriol; & le Sieur SONIER-DULAC,
fon frere, Avocat du Roi ès Sieges de Forez, &
dudit Sieur Ferriol, fe prétendant fes Légataire &
Héritier teftamentaires.

LES Armes défendent les Citoyens au dehors, les
Loix les défendent au dedans. Ce feroit le dernier
degré de la corruption & du renverfement, qu'on pût
enchaîner la Loi dans fes propres formes, & la forcer,

A

par les détours ténébreux d'une procédure vexatoire, de confirmer les actes mêmes qu'elle a le plus févérement réprouvés.

Telle eſt néanmoins la tentative des ſieurs Sonier freres, l'un Avocat, l'autre Médecin, qui, après avoir extorqué à un mourant un teſtament d'environ 200000 livres, ont cru que l'appareil d'une procédure criminelle, ſans cauſe & ſans objet réel, en intimidant des témoins néceſſaires, étoufferoit la preuve de faits que l'honneur même de la Juſtice & le leur propre doit faire approfondir. Vains efforts qui retombent ſur eux de tout leur poids, & qui ne ſervent qu'à montrer à nos Juges, par leur réſiſtance à une preuve qu'ils devroient provoquer eux-mêmes, combien ils ſe ſentent intérieurement répréhenſibles !

F A I T.

Le feu ſieur Benoît Ferriol, Ecuyer, Héraut d'armes de France, demeurant à Saint-Etienne en Forez, avoit reçu de ſon pere une fortune conſidérable ; il avoit été inſtitué ſon héritier univerſel, & cette ſucceſſion avoit monté à plus de 250000 livres.

Le ſieur Ferriol n'avoit point eu d'enfans de deux premiers mariages ; & ayant épouſé en troiſiemes nôces la Demoiſelle Valla, il ſe voyoit encore ſans poſtérité.

Il avoit dans la même Ville deux ſœurs, ſes préſomptives héritieres, objets naturels de ſon affection ; l'une étoit la Dame veuve Vincent, mere de trois enfans ; l'autre la Dame Girardon, qui n'en a point.

Le frere & les sœurs vivoient dans la meilleure intelligence.

La Dame Ferriol, mere commune, mourut au mois de Janvier 1763. Voyant son fils maître d'une fortune assez belle, qu'il altéroit par ses dépenses, elle crut qu'il étoit de sa prudence, comme de sa justice, de pourvoir à ses petits-enfans, fils de la Dame Vincent, & l'institua son héritiere universelle. Cette succession étoit à peine un objet de 25000 livres.

La Dame Girardon, quoique réduite à sa légitime dans l'un & l'autre testament, dans celui du pere, par la prédilection pour les mâles, dans celui de la mere, par une préférence pour de petits-enfans, n'en murmura point : elle se soumit avec respect à leurs volontés dernieres, & continua d'avoir pour son frere & sa sœur l'attachement le plus tendre & le plus vrai.

Le sieur Ferriol, naturellement équitable, auroit supporté de même sans se plaindre ces modiques dispositions de la mere commune, lui qui tenoit tant d'avantages de la libéralité de son pere ; mais des personnes qui se croyoient sans doute intéressées à l'indisposer, voulurent lui faire envisager ce Testament sous un point de vue tout différent. Il donna même une marque de mécontentement assez vive pour que le Marquis de Rochebaron, Commandant de Lyon, & plein de bienveillance pour le sieur Ferriol comme pour ses sœurs, crût devoir l'entretenir à ce sujet.

Il s'agissoit d'engager le sieur Ferriol à accepter l'invitation qui devoit lui en être adressée. Le sieur Girardon avoit tant de candeur dans l'ame ; si peu de

A ij

défiance des sieurs Dulac, qu'il pria le Curé de Saint-Etienne, frere de l'Avocat & du Médecin, de se charger de ce soin. Celui-ci fit tourner cette mission vers son frere l'Avocat du Roi, qui étoit en même tems l'Avocat & le Conseil du sieur Ferriol. Le sieur Dulac vit d'un coup d'œil à quoi cette négociation pouvoit le conduire, il l'accepta avec empressement, & promit que le lendemain, dimanche 29 Janvier 1764, il instruiroit le sieur Girardon du résultat de ses démarches.

Le dimanche nulle réponse, le lundi pas davantage. Le sieur Girardon, qui n'avoit garde de soupçonner en ce moment l'Avocat du Roi d'un abus de confiance, lui écrivit pour lui en demander une : « J'ai eu à cette » occasion *, lui disoit-il, *le bonheur de vous prouver* »*toute la considération que j'ai pour vous, Monsieur;* je » vous prie de vouloir bien *me mettre en état d'écrire* à »M. le Commandant par le Courier de mercredi : un »plus long délai ne répondroit point à la confiance qu'il »à bien voulu avoir en moi. »

Cette Lettre * ne produisit rien alors, & l'entrevue projettée échoua. Mais elle produira du moins aujourd'hui le double effet ; 1°. de prouver que l'Avocat du Roi s'étoit chargé de la mission dont on parle : *Je vous prie de vouloir bien me mettre en état d'écrire*, &c. 2°. qu'on s'étoit adressé à lui avec la confiance la plus intime & la plus honorable : *J'ai eu à cette occasion le bonheur de vous prouver toute la considération que j'ai pour vous, Monsieur*, &c.

Que le sieur Girardon fut cruellement puni de cette confiance! L'Avocat du Roi la trahit, s'empare de l'esprit du sieur Ferriol, envenime la démarche

* V. La lettre du Sr Girardon au sieur Sonier-Dulac Avocat du Roi, en date du 30 Janvier 1764, produite par celui-ci.

* Il paroît qu'il y a eu une erreur à l'Audience de la part des Adversaires, car cette lettre est écrite à l'Avocat du Roi, & non au Curé.

de fon beau-frere ; & rapprochant de ce fait celui des dipofitions de la mere tout au profit de l'une de fes filles, il ne néglige rien pour affoiblir en lui les fentimens de la nature, fortifiés par une longue & conftante affection pour elles. Il avoit d'autant plus d'empire fur le fieur Ferriol, qu'il étoit fon Avocat & fon Confeil, & qu'avec le poids que lui donnoit fa place d'Avocat du Roi, il lui avoit arrangé quelques affaires affez importantes. Il étoit auffi l'Avocat de la Dame veuve Peyron, parente du fieur Ferriol, & demeurante avec lui.

Environ fept femaines après cet évenement le fieur Ferriol tomba malade très-férieufement. Son âge étoit une foible réffource contre un tempérament ufé & des forces épuifées.

Il avoit pour Médecin le frere de fon Avocat & de fon Curé. Ainfi en maladie comme en fanté, comme Citoyen, comme Chrétien, comme homme, il fe trouvoit perpétuellement dans leur dépendance. Car nous voudrions en vain le diffimuler, & fon Teftament ne le prouveroit que trop, il étoit foible, & chaqu'un des trois freres féparément avoit fur lui une fupériorité, un afcendant, auxquels il n'entreprenoit pas même de réfifter. Que devoit-ce être de leurs forces réunies ?

Le Médecin vit d'abord la portée de la maladie qui s'annonça comme mortelle à des fignes certains reconnus par la Garde. Ils compterent affez fur eux-mêmes pour afpirer à dépouiller entierement fes fœurs, & dans cette vue leur premier foin à tous trois fut de diffimuler à toute la ville, fur-tout à la

Dame Vincent, & aux sieur & Dame Girardon l'importance & le danger d'une maladie qui s'annonçoit d'une maniere si grave. Il y avoit à gagner dans ce plan, de pouvoir dresser leurs batteries avec sûreté & sans trouble ; de laisser les sœurs dans une fausse sécurité, & de donner en même tems au malade leur silence sur son état, comme une preuve assez marquée d'indifférence.

Dès le 18 Mars 1764, premier jour de cette maladie, les trois freres s'emparerent de la maison & résolurent de rester maîtres de la place dans toutes les régles de l'art.

Le Curé ne pouvoit honnêtement être titulaire d'un legs, il fallut à cet égard qu'il s'en rapportât à ses freres.

Le Médecin ne pouvoit ni décemment, ni même sûrement être institué héritier ; il se croyoit frappé d'une prohibition plus forte que l'Avocat du Roi, & une fois l'institution d'héritier déclarée nulle sur la tête du Médecin, tout le testament tomboit. Il fallut donc que l'Avocat du Roi se chargeât de prendre pour lui-même cette délicate institution.

Ce plan une fois dressé, tout y concourut fidélement de leur part.

Le Médecin commença par dire avec toute l'assurance de son état, que *ce n'étoit rien* ; & le Chirurgien docile imitateur de son supérieur, répétoit aussi que *ce n'étoit rien.* Ce n'est pas que dès les premiers instans, * *ils n'eussent jugé* * *la maladie mortelle, le Médecin & lui ; mais ayant vu le Médecin traiter cette maladie de légere indisposition, & étant sous ses ordres, il ne pou-*

* V. le 15e. fait imprimé.

voit, a-t-il dit après la mort, tenir un langage diffé-
rent du sien.

Deux femmes demeuroient dans la maison, la Dame Ferriol sa femme, & la veuve Peyron, sa cousine. La premiere avoit des droits à l'affection & aux bienfaits du malade ; la seconde pouvoit être une observatrice inquiétante. Les confédérés s'en assurent, en leur promettant une part au testament ; cela leur fut d'autant plus facile, que la future veuve étoit cousine germaine de la femme du Médecin, & la veuve Peyron, cliente de l'Avocat.

On ne donna pas un longtems au sieur Ferriol pour faire son testament. La prudence des trois freres n'étoit pas d'avis de courir les risques d'une maladie qui pouvoit brusquement finir. Dès le 21 Mars, un No-taire vint à cet effet chez ce malade, qui n'avoit, di-soit-on dans toute la ville, qu'*une légere indisposition.* Les trois freres ne désemparoient point de la maison, & toujours l'un d'eux étoit dans sa chambre, ou auprès de son lit.

Le grand jour vingt-un, le jour du testament, l'Avocat du Roi fut de service auprès du malade : de-puis six heures du matin jusqu'à dix, il fut dans sa maison & dans sa chambre.

Alors il fit une courte apparition à l'Audience, soit qu'il crût cette diversion convenable, soit pour se con-certer avec le Notaire Ferrandin, qui s'y trouvoit com-me Procureur.

Son impatience ne lui permit pas d'attendre jusqu'à la levée de l'Audience ; il en sortit peu après y être entré, paſſa de-là chez Ferrandin **Notaire**, & regagna promptement la maiſon du ſieur Ferriol.

L'Avocat du Roi qui a ſenti la gravité de ce fait, l'a voulu détruire par un certificat * du Greffier, qui atteſte que Me Ferrandin a reſté à l'Audience depuis le commencement juſqu'à la fin, & n'en eſt ſorti que lorſque l'Audience a été levée ; mais le fait porté en ce certificat, ne prouve nullement que l'Avocat du Roi n'ait pas paſſé chez le Notaire Ferrandin pour parler à ſon premier Clerc, lui indiquer l'heure préciſe à laquelle le Notaire auroit ſoin d'arriver, & le prier de faire chercher & avertir ſix témoins inſtrumentaires. Il doit réſulter au contraire de ce certificat, que l'on a donc dit avec vérité que l'Avocat du Roi ne fit qu'une courte apparition à l'Audience, & qu'il ſortit bien avant qu'elle fût levée, puiſqu'il ne s'eſt point procuré de ce Greffier un certificat ſemblable pour lui-même.

Voilà donc l'Avocat du Roi, APRÈS UNE COURTE APPARITION À L'AUDIENCE, & après avoir paſſé chez le Notaire, qui vient de nouveau s'emparer de ſon malade, & le monter ſur le ton où il devoit être pour l'arrivée du Notaire.

Ses efforts ne durent pas être difficiles, car il paroît que la dictée du teſtament coûta fort peu au malade.

Et en effet, le certificat du Greffier, atteſte que le Notaire Ferrandin ne ſortit de l'Audience, qu'après l'Audience levée, ce qui ſe référe à l'heure de midi paſſé : or retourner de-là chez lui, quitter ſon habillement de Palais, venir chez le malade, recevoir le teſtament, le *lire* & *relire* au malade, qui l'a lui même

lu

lu & relu ; & paraphé fur toutes les pages : tout cela fut fait fi *preftement*, qu'il ne fallut pas en tout une demi-heure. Car le teftament porte : « figné au bas de chacune page dans madite cham- » bre, au fecond étage, cejourd'hui vingt-unie- » me Mars 1764, *fur une heure après-midi* », expreffion qui annonce qu'une heure n'étoit pas encore fonnée à la fin d'un teftament, dont l'expédition contient fix pages de minute, & qui renferme plufieurs difpofitions très-bien tournées, très-ingénieufement combinées ; d'un teftament pour lequel les Adverfaires conviennent eux-mêmes QU'IL FALLOIT (1) UN CERTAIN NOMBRE D'HEURES.

Dans quelles imprudences la paffion entraîne les hommes les plus maîtres d'eux-mêmes ! L'Avocat du Roi, pour veiller plus fûrement fur fon ouvrage, ne put fe défendre *de fe cacher derriere un lit à côté d'une* * *cloifon où retranchement fait fur la chambre du malade, qui lui permettoit de tout entendre, même de voir par les fentes ce qui s'y paffoit.* On conçoit bien que ce foin pouvoit fervir pendant la COURTE (2) ENTREVUE du teftateur & du Notaire, en cas qu'il furvînt quelque échec, quelque réfiftance mal placée de la part du teftateur, vers lequel il feroit accouru fur le champ. Mais quel befoin d'y refter pendant la *fufcription*, fi

* V. Cinquie-me Fait articulé.

(1) Plaidoirie du lundi 29 Avril, pour l'Avocat du Roi, en répondant au fixieme des faits articulés, & en fe plaignant du mot COURTE ENTREVUE DU NOTAIRE.

(2) Expreffion qu'on nous a combattue à l'Audience, mais qui reftera dans toute fa force en rapprochant le certificat du Greffier fur le tems pendant lequel Ferrandin eft refté à l'Audience, & la date du Teftament.

B

ce n'eſt peut-être parce qu'il n'en pouvoit pas ſortir dans le moment ſans être vu par quelque domeſtique ou par quelque témoin inſtrumentaire ? Quoi qu'il en ſoit, il eſt conſtant qu'il y reſta *pendant la ſuſcription*, & on l'articule comme fait poſitif.

* V. Le ſixieme Fait.

 « *Immédiatement* * *après la clôture du teſtament, l'A-vocat du Roi deſcendit, & dit aux domeſtiques qu'ils au-roient lieu d'être contents.* Ce n'étoit pas là une conjec-ture ſur une diſpoſition à faire, c'étoit une aſſertion préciſe ſur une diſpoſition faite. De qui l'Avocat du Roi la tenoit-il, ſinon de ce qu'il avoit préparé lui-même, & vu exécuter enſuite au travers de la cloiſon ? Aſſertion imprudente ſans doute ! mais bien pardon-nable dans un premier tranſport de joie : il vouloit d'ailleurs capter par-là leur bienveillance, & les intéreſſer pour eux-mêmes à la conſervation de ſon ouvrage.

 Il ne fut pas au reſte le ſeul indiſcret ; ſa femme le fut auſſi, ſon frere le Médecin le fut, leur frere le Curé le fut ; & ce ſont ces indiſcrétions rapprochées qui concourent d'avance avec tant d'autres preuves à démontrer aux Magiſtrats la captation la plus révol-tante.

 Le jour même du teſtament la Dame Dulac, femme de l'Avocat du Roi, partant pour Montbriſon, ne put contenir ſon impatience : elle connoiſſoit les grands tra-vaux de ſon mari, & n'attendoit plus, comme lui, que la mort du teſtateur pour y mettre le ſceau. Elle pria une Demoiſelle de ſes amies de lui dépêcher un Exprès auſſi-

" V. Septie-me Fait.

tôt après cette mort : * « mon mari, lui dit-elle, ſera trop » occupé des affaires de cette ſucceſſion pour ſonger à » moi ».

D'un autre côté, dans le cours de la maladie du sieur Ferriol, un Exprès dépêché de Saint-Didier-en-Velay vint avertir le Médecin que sa mere reclamoit ses secours. Il répondit * qu'il ne pouvoit quitter le sieur Ferriol, & qu'il avoit les raisons les plus importantes pour rester près de lui.

* V. Seizieme Fait.

Ils triomphoient : mais bientôt la Nature reprit tous ses droits. Disons-le même à la louange du sieur Ferriol, son ame n'étant point en proie à des passions violentes, n'en étoit que plus faite pour se livrer aux douces impressions de la tendresse fraternelle : il avoit toujours aimé ses sœurs : il n'avoit jamais eu aucun sujet de plainte raisonnable ; car enfin étoit-ce un crime pour l'une d'avoir été instituée héritiere d'une très-modique succession par sa mere ? Etoit-ce un crime pour l'autre qu'une personne respectable par son nom, par son rang, par elle-même, eût voulu s'entremettre entre deux beaux-freres, pour ramener le sieur Ferriol à lui-même, & l'empêcher de se livrer à des mouvemens étrangers ?

Aussi le soir même du jour du testament * il demanda que l'on fît venir le Notaire Ferrandin.

* V. Huitieme Fait.

A ce nom devenu redoutable, l'Avocat du Roi qui étoit toujours de garde dans la chambre, s'approche promptement du lit, & lui parle à l'oreille.

On ignore ce qu'il lui dit ; mais ses artifices pour empêcher qu'il ne fût juste envers ses sœurs, ne firent que retarder les mouvemens de la nature & ne les détruisirent pas.

Dès le lendemain 22 il demanda * qu'on fît avertir les deux Dames ses sœurs, & pria même le Curé de leur faire savoir qu'il vouloit leur parler. Quelle fut la

* V. Neuvieme Fait.

B ij

réponſe de ce Curé, d'un Miniſtre de charité & de paix?
Il ſuffit que vous ne leur vouliez point de mal.

Il continua de demander qu'on fît venir le Notaire
Ferrandin pour refaire ſon teſtament : ou l'on feignit
de ne pas l'entendre, ou l'on éluda ſa demande par des
défaites & des délais affectés. On alla même juſqu'à empêcher ſon domeſtique d'obéir. *Il avoit* * *pluſieurs fois
ordonné à ce domeſtique, nommé Philibert, d'aller chercher ce Notaire pour refaire ſon teſtament : les ſieurs
Dulac ne voulurent pas.*

* Dixieme
Fait.

Mais un moment redoutable pour les captateurs s'a-
vançoit rapidement, ce moment où la Réligion conſole
& ſoutient la Nature affoiblie, & où le Chrétien ſe jet-
tant dans les bras de la Divinité, doit abjurer hautement ſes paſſions & ſes foibleſſes.

Le ſieur Ferriol avoit pour Confeſſeur ordinaire le
ſieur Abbé Morel, qu'on croyoit ne devoir pas ſe prêter à la ſpoliation d'une famille.

Ce Confeſſeur étoit alors indiſpoſé, malade même
ſi l'on veut ; car nous ne diſputerons pas ſur les
termes : mais il eſt toujours très-certain que ce
Confeſſeur ſe préparoit à ſe rendre auprès du ſieur Ferriol dès qu'on lui auroit fait prêter la chaiſe d'une *
Dame de Saint Etienne, & qu'il avoit promis de s'y
rendre à cette condition ſur l'invitation du malade
lui-même, & ſur les invitations réitérées que lui
enenvoya faire le 23 au ſoir la Dame Vincent, qui
venoit d'apprendre enfin tout le danger de ſon
frere.

* La Dame de
Cunieux. On a
articulé ce nou-
veaux Fait, en
fait de preuve,
par une nou-
velle Requête.

Mais le Médecin Dulac, Médecin en même tems du
ſieur Abbé Morel, en ordonna autrement. Dès le 24

au matin il court chez lui, lui défend de se rendre chez le Sr Ferriol, & lui dit *: « GARDEZ-VOUS BIEN D'Y » ALLER ; il ne manquera pas de Confesseur : vous êtes bien, n'allez pas vous rendre malade ». Ce fait grave n'est ni dénié ni affoibli par la lettre de cet Abbé, qui dit bien qu'il étoit malade, mais qui ne dit nullement que le Médecin ne l'ait pas détourné d'aller chez le malade, & qu'il n'y dût pas aller en chaise à porteur.

* V. Neuvieme Fait.

Le malade alors, sur le refus du sieur Morel, demanda le Pere Gillier, Capucin, qu'on trouva encore le moyen d'écarter. Ce Religieux atteste qu'on ne vint point l'avertir : mais ce n'est nullement prouver que le mourant ne l'ait pas demandé.

Enfin les sieurs Dulac firent appeller le sieur Chove, Vicaire surnuméraire du sieur Dulac Curé, & à ses appointemens particuliers. Il est en même tems parent de la femme du Médecin ; & ainsi, sans croire en rien manquer à l'exactitude de son ministere, ce Prêtre, favorablement disposé pour la famille Dulac, pouvoit considérer comme l'effet d'une libéralité très-pure, ce qu'on se gardoit bien de lui laisser entrevoir comme l'ouvrage de l'obsession & de la captation. Il pouvoit même ignorer entierement les dispositions du malade, & croire qu'il ne lui appartenoit pas de s'en enquérir.

L'affaire de la confession ainsi arrangée, il y avoit un pas plus important encore, c'étoit l'administration des Sacremens. La pompe auguste & touchante de ces cérémonies rapproche les esprits les plus éloignés, donne lieu d'ordinaire à des déclarations édifiantes & publiques, à des discours attendrissans : c'étoit un écueil pour des Légataires qui avoient à craindre l'entrevue d'un mourant & de ses sœurs, appuyée de toute la majesté de la Religion.

On prit un parti hardi, ce fut de ne point les y appeller.

Mais comme on vouloit pouvoir dire au malade qu'on avoit été vers elles, le 24 au matin le Curé Dulac vint avertir les Sieur & Dame Girardon que le sieur Ferriol souhaitoit de les voir. Ils vouloient y voler à l'instant ; mais lui les arrêta, leur disant qu'il falloit qu'il allât prévenir la Dame Vincent, & remit leur visite commune à l'après-midi. Par cette démarche on tranquillisa le mourant, qui reçut les Sacremens sans éclat en l'absence de ses sœurs & de son beaufrere, & alors le danger d'une entrevue si publique étant passé, le Curé alla l'après-midi prendre les Sieur & Dame Girardon & la Dame Vincent, & les escorta jusqu'auprès du malade sans les laisser parler à personne.

Quand on considere combien la marche de captateurs adroits est couverte & difficile à saisir, tous les détails sont importans, & leur objet les excuse auprès des Magistrats. Ils ne perdront donc pas de vue cette attention de faire administrer le frere à l'insçu des sœurs, avant d'avoir permis leur entrevue, & d'avoir cependant été chez l'une d'elles le matin pour être en état d'assurer au malade qu'on avoit suivi ses intentions.

Le croira-t-on ? Cette entrevue préparée par la Religion & l'amitié, le Curé Dulac osa la gêner par sa présence, la troubler par son importunité, l'abréger par ses indécentes remontrances. Déja le frere & les sœurs s'attendrissoient : déja ils répandoient des larmes plei-

nés de vérité & de douleur : déja l'ouvrage de l'obſeſſion tomboit ſous les coups de la nature , lorſque tout-
à-coup le Curé Dulac arrache les ſœurs au frere, & les
preſſe* de ſe retirer ſous prétexte qu'elles cauſoient trop
d'émotion au malade. Elles n'oſent réſiſter : elles obéiſ-
ſent en pleurant , & leur frere leur tend les bras pour
la derniere fois.

* V. Douzie-
me Fait.

On a ſenti ce fait trop grave : on a voulu l'affoiblir
en le dénaturant & en imputant au malade même l'invitation de ſe retirer à cauſe du mauvais air. Mais il n'y
a qu'un mot ſur ce fait & ſur ceux qu'on oſe ainſi dénier ou défigurer. Ils ſont vrais, puiſqu'on fait tant
d'efforts pour en faire rejetter la preuve.

Après avoir vû ſes ſœurs dans la ſoirée du 24 , le
ſieur Ferriol revint à la charge & demanda de nouveau
que l'on fît venir le Notaire. Vains efforts de la
part d'un homme dérobé à ſes proches , & environné
de ſes tyrans ! On * feignit d'abord de ne pas l'entendre : enſuite l'Avocat du Roi lui répondit *de ne pas
s'inquiéter , qu'il n'étoit pas ſi mal qu'il le penſoit , que
dans deux ou trois jours il feroit ce qu'il voudroit.* Il cher-
choit ainſi, en réveillant en lui cet amour de la vie ſi
naturel à tous les hommes, à lui faire illuſion ſur ſa
mort prochaine , & à rendre inutile pour ſes ſœurs
cette tendreſſe ſi perſévérante & ſi vive.

* Treizieme
Fait.

Le ſieur Ferriol ne ſe rebuta point : il continua
quelques inſtans après de demander le Notaire avec
force ; & tout ce qui étoit préſent recevant l'impreſ-
ſion des captateurs , on ne daigna plus même l'écou-
ter. Le Notaire ne fut point appellé.

Qui pourroit peindre les douleurs & les tourmens de ſa nuit derniere ! Déchiré de remords d'une injuſtice à la fois involontaire & irréparable par l'obſeſſion qui l'environnoit : * *Je meurs en déſeſpéré , s'écrioit-il ; que diront de moi les honnêtes gens ! Je déshonore ma famille , qu'on aille promptement chercher le Notaire.*

Ainſi ce frere toujours juſte, & dont la volonté n'avoit jamais ceſſé de l'être, expioit juſqu'à la fin le malheur de s'être livré à des captateurs, & ſes dernieres paroles furent pour ſes ſœurs des témoignages d'attachement, de juſtice, & de repentir ! Frere infortuné, digne d'un meilleur ſort, & dont la mémoire toujours chere à ſes ſœurs fera long-tems couler leurs larmes !

On eſt effrayé ſans doute & ſoulevé de tant de manœuvres & d'outrages ! Mais portons les yeux ſur ce qui va ſuivre, & l'indignation va s'accroître encore ! Juſqu'ici on a vu dans l'Avocat du Roi, l'homme privé s'occupant avidement des moyens & du ſoin de ſuggérer un teſtament injuſte. On va voir ce qu'a oſé faire l'Homme public pour le ſoutenir.

Le ſieur Ferriol étant mort le dimanche 25 Mars à midi, à l'inſtant les ſieurs Dulac, comme s'ils euſſent été divinement inſpirés ſur le nom de l'héritier & du principal Légataire, provoquent & preſſent l'ouverture du teſtament. On l'ouvre & on y trouve le Médecin légataire de 50000 liv. & l'Avocat du Roi héritier univerſel.

Celui-ci ſans forme ni figure de Procès ſe juge pour lui-même la validité du teſtament, s'inſtalle

dans

dans la maison, se rend maître de tous les titres & papiers, empêche, par cette invasion précipitée, une apposition de scellés dont le droit appartenoit incontestablement aux héritiers, & qui auroient fait découvrir plusieurs de ses travaux pour le sieur Ferriol, plusieurs de ses Lettres d'affaires, & les plus fortes traces de son empire. Ensuite il se hâte de loger dans sa maison le Sr Mazenod, Commissaire à terrier, qui logeoit depuis quelques années chez le Sr Ferriol, dont il étoit l'ami, qui avoit vu une grande partie de ce qui s'étoit passé dans sa courte maladie, & qui paroissoit pour les freres Dulac un homme à redouter; il lui a même donné son terrier à faire *, & paroît n'avoir rien oublié pour se l'attacher, au point qu'il a produit de lui une Lettre en apparence très-favorable à sa défense; Lettre qui n'empêche pas les héritiers de persister à vouloir faire entendre un témoin dont les sieurs Dulac se tiennent si fort assûrés.

* V. La lettre du sieur Mazenod au sieur Dulac Avocat du Roi, du 19 Mars 1765.

La mort si prompte du sieur Ferriol, dont on n'avoit annoncé la maladie que comme une légere indisposition; la réponse (devenue bientôt publique) du Chirurgien, qui se défendoit par l'exemple du Médecin, d'avoir caché son état, jugé mortel d'abord; l'affectation de l'avoir dérobé à ses sœurs jusqu'à la veille de sa mort, & après les Sacremens administrés; la précipitation de l'Avocat du Roi à s'installer dans la maison mortuaire, ayant encore le cadavre sous ses yeux; son empressement à rechercher le Sr Mazenod, tous ces faits rapprochés apprenoient aux moins clairvoyans quel étoit le véritable testateur.

Les trois freres eux-mêmes y ajoutoient encore par

C

leurs indifcrétions du moment, & par celles de leurs proches : on en a déja vu des exemples. Peu * après la mort du fieur Ferriol, le fieur Curé Dulac s'étant rendu à Saint-Didier, fa patrie, en commit encore une affez frappante ; il lui échappa plufieurs fois, ainfi qu'à la Dame veuve Poivre fa parente, de vanter affez publiquement la générofité du Médecin, *qui pouvant avoir l'hoirie du fieur Ferriol en entier, avoit fait nommer pour héritier fon frere l'Avocat du Roi, qui en avoit plus befoin que lui.*

*Dix-feptieme Fait.

Mais nonobftant cette conviction de fpoliation portée dans tous les efprits, chacun fe contentoit de gémir en fecret, & gardoit le filence. La crainte de ces trois freres tout-puiffans dans la petite ville de Saint-Etienne (dont le tribunal ne confifte qu'en un Lieutenant Particulier, un Confeiller & l'Avocat du Roi (1), deux ou trois Avocats, autant de Procureurs), faifoit appréhender de fe commettre avec eux, par des difcours & des réflexions dont on auroit eu à fe repentir. Les héritiers eux-mêmes, quelle que foit la fenfibilité des premiers inftans, s'obfervoient avec la plus grande réferve, & fe contentoient de confulter fecretement à Lyon & à Paris, fur les moyens de fe pourvoir en pareilles circonftances.

Cette terreur univerfelle perdit les freres Dulac. L'Avocat du Roi imagina qu'en employant le premier quelque procédure adroite, il mettroit les héritiers à fes pieds, & les obligeroit de fe croire trop heureux qu'il n'eût que le bien de leur frere ; que du moins il y

---

(1) Celui-ci eft prefque toujours à Saint-Etienne, & en l'abfence des deux Juges il y eft le Magiftrat principal, & celui fur lequel portent toute l'adminiftration, toute la conduite de la Ville.

gagneroit d'intimider, d'écarter les témoins, de s'en
assûrer même quelques-uns par des dépositions anticipées : plan odieux, qui va devenir un des plus forts
moyens contre lui, en montrant à la Cour quel usage
il a fait de son pouvoir.

Il étoit difficile de trouver moyen de mettre en Justice des héritiers qui ne se plaignoient point encore,
& qui dévoroient en secret leur douleur. Le génie in-
ventif de l'Avocat du Roi leva bientôt cet obstacle.

Il supposa qu'on avoit tenu contre lui des propos
indécens, & rendit plainte. La tournure de cette piece
(devenue commune par Sentence de la Cour, malgré
la forte résistance des freres Dulac) mérite d'être mise
sous les yeux des Magistrats. Il y expose que « différens
» Particuliers, ennemis, soit du feu sieur Ferriol, soit
» de lui, ont tenu *plusieurs propos indécens* contre la
» mémoire du feu sieur Ferriol; à cause de la disposi-
» tion par lui faite ; qu'ils ont eu la témérité de com-
» promettre lui, Avocat du Roi, au point de dire qu'*il*
» *avoit écrit lui-même le testament;* qu'il étoit présent
» lors de la solemnité, c'est-à-dire lors de la suscription;
» que le tout s'étoit passé dans son cabinet : ce qui est
» faux, & démenti par le testament même » Il
ajoute « qu'*il n'a jamais donné lieu à ce testament, ni*
» *par artifices, par caresses, ni par aucunes autres voies*
» *capables de captation;* & requiert », &c.

Ainsi il supposoit d'avance des accusations imagi-
naires pour empêcher les véritables ; car on ne disoit
nullement, ni qu'il eût écrit lui-même le testament,
puisque c'étoit le Notaire, ni qu'il eût été présent dans
la chambre même lors de la suscription, ni que le tout

se fût passé dans son cabinet ; ensorte que les prétendus propos indécens qu'il rapportoit, étoient de sa part autant de vaines allégations.

Il obtint néanmoins permission d'informer, & son information lui servit, comme il l'avoit projetté, à faire parler honorablement sur lui-même, sur la prétendue liberté du testateur, sur la validité & la pureté de ses dispositions, &c.

Elle n'établit d'ailleurs aucune preuve *de propos indécens* de la part des héritiers, auxquels, indépendamment de leur honnêteté naturelle, il auroit suffi de sçavoir que leurs Adversaires les faisoient observer, pour se tenir soigneusement sur leurs gardes.

Que l'Avocat du Roi s'en fût tenu à se faire louer dans une information, & à donner quelqu'air de liberté aux dispositions du mort, peut-être auroit-on pu passer à la crise où il se trouvoit, cette mauvaise subtilité de rendre une plainte frustratoire & sans objet ; mais il ne s'en tint pas là, & voici ce que la Cour ne pourra voir sans l'indignation la plus vive.

Il envoya dire à Philibert *, Domestique du feu sieur Ferriol, de venir lui parler. Ce Domestique vient, ne le trouve point, est envoyé le chercher chez le sieur Mey, Greffier de la Sénéchaussée, chez lequel on lui dit qu'étoit l'Avocat du Roi. Il y trouve effectivement le sieur Dulac, qui le fait entrer dans une chambre, & se retire à l'instant : on ferme aussi-tôt la porte à la clef. Philibert, effrayé de cette détention, reste seul vis-à-vis du sieur Bernon, Conseiller, & du Greffier, qui lui firent plusieurs questions, écrivirent, & le renvoyerent. Voilà apparemment ce qu'on appel-

* Dix-huitieme fait.

léra la dépofition de Philibert ; dépofition illégale, &
dans fon principe, & dans fa forme ; dépofition néanmoins qui n'a rien produit à la charge des héritiers.

Le croira-t-on cependant ? ce fut fur cette procédure monftrueufe que l'Avocat du Roi fit décerner
contre la Dame Vincent & le fieur Girardon un décret d'affigné pour être ouï. Ces Citoyens domiciliés,
ces héritiers dépouillés furent obligés de fuir l'un &
l'autre à Lyon & de s'y tenir cachés, pour éviter la perfé-
cution de celui qui reftoit le maître de leurs biens, jufqu'à ce qu'un Arrêt de défenfe vint contenir fes excès.

Cet Arrêt même ne lui en impofa point, il l'obli-
gea feulement d'avoir recours à des expédiens nouveaux pour des perfécutions nouvelles. L'Avocat du
Roi rendit une feconde plainte le neuf Juin, qu'il
fonda fur de prétendus enlevemens que quelques Particuliers ont fait d'effets & de papiers, *ayant profité de
ce que les portes étoient continuellement ouvertes.* On
voit d'un coup-d'œil ce que cela fignifie. Le Plaignant
fe fent toujours intérieurement preffé du reproche de
s'être emparé avec fes freres de la maifon du mourant ;
c'eft un poids importun qu'il s'efforce fans ceffe de rejetter, & qui, par fes vains efforts, ne fait que l'acca-
bler davantage.

C'eft dans ce même efprit que revenant toujours, à
propos d'enlevemens de titres & de papiers, aux prétendus *propos indécens* tenus contre lui, il emploie le
tiers de fa nouvelle plainte à faire l'éloge du teftament.
« La difpofition du défunt fieur Ferriol, y dit-il en-
» core, eft l'effet *d'une volonté libre ; fes liaifons avec le*
» Suppliant, depuis long-tems annoncées, toutes les
» démarches qu'il n'a ceffé de faire, *prouvent que le*

» *Suppliant lui étoit cher. & qu'il vouloit lui faire du*
» *bien, ce qu'il a exécuté.*

Et ce font ces affertions fi redoublées, qui prouvent à quiconque a étudié les hommes, & fur-tout à
des Magiftrats accoutumés à les juger, précifément tout
le contraire.

On fe doute d'avance de ce que produifit cette plainte, il en fut comme de la première. Celle ci n'avoit produit aucune preuve de diffamation, celle-là ne donna
aucune preuve d'*enlevement.* On obfervera même qu'il
n'y a pas un feul témoin qui en parle : & comment y
en auroit-il eu ? Les trois freres étoient les feuls maîtres de la maifon pendant la maladie ; l'Avocat du
Roi immédiatement après la mort s'y étoit inftallé, &
ne l'avoit pas perdue un feul inftant de vue. Il étoit
parfaitement fûr de la veuve & de la Dame Peyron,
qui y demeuroient ; il avoit lui-même, & on le prou-
vera, emporté une partie des papiers dès le vivant du
teftateur. Où auroit-on donc trouvé fous les yeux de
toutes ces perfonnes, le moment de faire le plus léger
divertiffement ? C'étoit donc vifiblement une plainte
fruftratoire & vexatoire comme la première.

Mais il en tira encore la reffource de faire lancer, le
18 Août 1764, trois décrets d'affigné pour être ouï, contre le fieur Jany, parent du défunt, & qui avoit vu bien
des chofes, ayant été fouvent près de lui dans fa maladie ; contre le fieur Tremollet, Commis du fieur Girardon, & contre la nommée Claudine Gerin, Garde-
malade du fieur Ferriol. On fuppofoit que les fieurs
Jany & Tremollet, deux Citoyens d'un état honnête
& d'une conduite irréprochable, s'étoient avilis jufqu'à boire avec le domeftique Philibert, pour l'entrainer

par le vin & les promeſſes, à dépoſer fauſſement que le teſtateur avoit voulu faire un codicille. Mais s'il en étoit ainſi, ces deux hommes étoient des ſuborneurs, des fabricateurs de faux témoins, qui méritoient le dernier ſupplice, & le décret d'aſſigné pour être ouï, étoit par ſa légéreté une irrégularité nouvelle. Quel pouvoit donc être l'effet de décrets ſi peu proportionnés à la grandeur du crime? Il ne pouvoit être que de les intimider, que d'impoſer ſilence à des hommes dont le ſeul crime étoit d'avoir trop vu.

Les ſieurs Jany & Tremollet comparurent, indignés des imputations dont on oſoit les flétrir, & ſubirent leurs interrogatoires avec dignité, avec force; ils n'y confirment pas à beaucoup près l'idée de la légitimité du teſtament; ils y établiſſent au contraire le fait que le teſtateur avoit voulu faire un codicille. L'Avocat du Roi vit qu'il ſeroit dangereux de pouſſer plus loin des hommes que les *décrets* n'effrayoient pas, & s'abſtint de toutes pourſuites contr'eux.

Mais à la ſuite de tous ces décrets, on fit mouvoir de nouveaux reſſorts, propres à exciter la terreur. Claudine Gerin, femme pauvre, qui ne ſçait ni lire ni écrire, & qui ne tenoit à rien, fut la victime ſur laquelle frapperent les pourſuites de l'Avocat du Roi. Voici comme les choſes ſe paſſerent.

Cette malheureuſe femme, ſur la ſignification de ſon décret d'aſſignée (1) pour être ouie, ſe rendit devant le Juge & le Greffier: elle apprit qu'il falloit ſe conformer à l'uſage particulier du Siége de Saint-Etienne;

─────────────

(1) *Nota.* On avoit mis dans le vingtieme fait, ayant été aſſignée en dépoſition; c'eſt une erreur, il auroit fallu dire ayant été *decretée d'aſſignée pour être ouie.* Ce décret ſans cauſe ne fait que rendre le fait plus grave.

de conftituer Procureur. Ayant dit qu'elle n'étoit pas en état de fupporter ces frais, on l'adreffa au Sr Chomat, Procureur & ami du fieur Dulac, Avocat du Roi, & qui naturellement devoit être auffi fort ami des teftamens, ayant fait confirmer (1) lui-même à Saint-Etienne, peu d'années auparavant, un teftament à fon profit, contre lequel il y avoit la plus forte réclamation.

Le fieur Chomat promit de la faire avertir des jour & heure, & n'en fit rien.

Le 22 Novembre 1764, fur fa non-comparution, elle fut décrétée d'ajournement perfonnel ; on penfe bien qu'elle ne comparut pas davantage. Chomat ne la fit point avertir, & cette pauvre femme ne connoiffoit affurément ni la gradation de nos décrets, ni leur converfion.

Le 9 Novembre fuivant, fur fa non-comparution, décret de prife-de-corps : on l'exécute à l'inftant avec le plus effrayant appareil ; on va arracher en plein jour cette malheureufe femme de la maifon du fieur Billacois, Directeur des Aydes, fon nouveau Maître ; on la traîne inhumainement en prifon : l'Avocat du Roi défend au Géolier de la laiffer parler à perfonne. En vain fon mari, fa belle-fille & d'autres fe rendent en foule pour la voir, pour apprendre au moins fon crime, le Géolier les repouffe & allégue fes ordres. Peu après l'Avocat du Roi fe rend lui-même à la prifon, & voulant achever de porter la terreur dans fon ame « c'eft pour avoir trop parlé, lui répond-il avec dureté, » (que tu es ici) tu n'as qu'à prendre garde à ce que

(1) Le fait eft prouvé dans la Caufe par le Mémoire & l'Arrêt de Chomat qu'a produit l'Avocat du Roi.

tu

»tu diras dans l'interrogatoire que L'ON VA TE FAIRE,
» AUTREMENT JE TE FERAI METTRE AU CACHOT ».

Voilà comment elle eſt conduite aux pieds du Juge,
où elle ſe défend cependant encore avec aſſez de force
pour faire ſentir tout l'odieux de la perſécution qu'elle
éprouve, & pour jetter ſur le teſtament les plus violens
ſoupçons de ſuggeſtion. On lui fit une queſtion dont
on voudroit inférer que les deux premiers décrets lui
avoient été connus. Mais quelle réponſe pouvoit faire
une femme qui ne ſçait ni lire, ni écrire, & qu'on me-
naçoit de mettre au cachot ?*

Et par un dernier trait plus odieux encore, après que
cette pauvre femme eut ſubi ſon interrogatoire, & demandé ſon élargiſſement, le Procureur du ſieur Dulac
eut bien l'audace de ſoutenir qu'elle devoit reſter en
priſon & qu'on devoit inſtruire contr'elle par récolement
& confrontation.

Supprimons toutes réflexions ſur ce fait, nous au-
rions trop à dire. Contentons-nous ſeulement d'obſer-
ver que les Magiſtrats ont ici à punir, ou une calomnie
atroce dans les héritiers, ou une faute bien grave dans
un Juge, & qu'ainſi ce ſeul fait entraîneroit la néceſſité
de la preuve à laquelle l'Adverſaire ſe refuſe, lui qui
devroit la provoquer le plus fortement pour ſon honneur, pour celui de ſon Tribunal, pour celui de la
Magiſtrature entiere. Déja les points principaux
de ce fait ſe trouvent prouvés, car l'on n'a dénié à
l'Audience ni la défenſe faite au Géolier de la laiſſer
parler à perſonne, ni ce diſcours menaçant : « c'eſt
» pour avoir trop parlé, tu n'as qu'à prendre garde à
» à ce que tu diras dans l'interrogatoire que l'on va te

* La meilleure
réponſe ſur ce
point eſt celle
même de Mᵉ
Chomat, à elle
donné pour
Procureur, qui
a dit qu'*il l'a-
voit oublié.*

D

»faire », AUTREMENT JE TE FERAI METTRE AU CA-
»CHOT ». C'eſt apprendre ſuffiſamment au Magiſtrats quelle part l'Avocat du Roi a pu avoir à un
empriſonnement dont il vouloit tirer de tels avantages. Au ſurplus, la preuve que la gravité de ce fait
rend indiſpenſable, ou le vengera, ou achevera de le
confondre.

La femme Gerin fut cependant miſe hors des priſ-
ſons, malgré l'indécente réſiſtance apportée à ſa liberté,
& qui n'avoit pour objet que de l'effrayer encore plus.
Mais d'après quatre décrets d'aſſigné pour être ouï,
lancés contre le ſieur Girardon, la Dame Vincent,
les ſieurs Tremolet & Jany, & un décret de priſe-
de-corps contre la femme Gerin (ces trois derniers décrets poſtérieurs à l'Arrêt de défenſe), quel homme
auroit oſé attaquer le teſtament du ſieur Ferriol devant
les deux Juges de Saint-Etienne?

Heureuſement le *Committimus* de la Dame Vincent, veuve d'un Secrétaire du Roi, la met à portée,
ainſi que ſes co-héritiers, de faire entendre ſa voix dans
un Sanctuaire, où rien n'arrêtera la juſte liberté de ſa
défenſe. Telle eſt la nature de cette Cauſe importante
& chargée de faits graves, qu'il eſt impoſſible, avec
quelque ſoin qu'on s'obſerve, de la traiter ſans acca-
bler les ſieurs Dulac des reproches les plus humilians;
puiſque les faits qu'on leur oppoſe & qu'on demande
à prouver, ſont la Cauſe même, ſituation cruelle pour
un Défenſeur, qui en ſe ſouvenant qu'il combat un
homme revêtu du caractere de Juge, ne pourroit néanmoins, ſans prévarication, affoiblir les moyens de ſes

Parties ; fituation fur laquelle nous invoquons toute la juftice des Magiftrats !

Trois Propofitions feront le partage de ce Mémoire.

1°. Les fieurs Dulac font incapables, l'un de fon legs, l'autre de l'inftitution univerfelle.

2°. Les fieurs Dulac ont fuggéré le teftament du fieur Ferriol, & en ont empêché la révocation.

3°. Dans le cas où la Cour n'auroit pas dès à préfent la conviction entiere de la fuggeftion, il eft indifpenfable d'ordonner la preuve des faits articulés.

PREMIERE PROPOSITION.

Les fieurs Dulac font incapables , l'un de fon legs ; l'autre de l'inftitution univerfelle.

Plus la Cupidité a franchi toutes bornes, & plus l'intérêt politique & civil fe réuniffent pour lui oppofer des barrieres infurmontables.

Dans les tems reculés, où ce n'étoit ni un honneur d'avoir une grande fortune, ni une honte d'être dans une modefte indigence, nous connoiffions peu les prohibitions légales. Les crimes des hommes les ont appellés, & l'Ordonnance de 1539 eft parmi nous leur premiere époque.

De-là, la néceffité de les maintenir contre des atteintes nouvelles, a obligé de les affermir & de les étendre, C'eft ce qu'ont fait la Déclaration de 1549, l'article 276 de la Coutume de Paris, les difpofitions de prefque toutes nos Coutumes, & enfin une Jurifprudence appuyée des Arrêts les plus folemnels, & des Autorités les plus refpectables.

Les Médecins font conftamment dans la prohibition, ils font forcés d'en convenir : comment le nieroient-ils, lorfque le miniftere, bien moins redoutable, des Apothicaires, ne les en exempte pas eux-mêmes?

Alors la cupidité, toujours ingénieufe à éluder la Loi, quand elle ne peut la heurter de front, a appellé à fon fecours l'utile reffource des exceptions.

En général on en a propofé trois. La parenté, l'amitié, les fervices rendus.

De fervices rendus, il n'y en a point dans la Caufe de la part du fieur Dulac, à moins qu'il ne mette en ligne de compte d'avoir épargné au teftateur les terreurs de la mort, en lui laiffant croire, jufqu'à ce que la Nature plus vraie l'ait détrompé, qu'il n'avoit qu'*une légere indifpofition*.

D'amitié il n'y en a pas davantage, & l'on fent combien cette exception vague feroit perpétuellement invoquée. L'acte même attaqué feroit employé en preuve, c'eft-à-dire que ces fortes de procès dégénéreroient en une perpétuelle pétition de principe. D'ailleurs, quels hommes dans une petite Ville ne pourroient fe dire *amis*, puifque la néceffité de fe voir & le petit nombre de perfonnes qui foient d'état à faire fociété enfemble, réuniffent tous les jours dans les mêmes cercles & aux mêmes tables les perfonnes qui s'aiment ou s'eftiment le moins?

La grande exception, l'exception triviale a donc été celle de *parenté* ; & comme dans les Villes ordinai-

tés de nos Provinces, les personnes d'un état honnête
se tiennent presque toutes entr'elles par des parentés
plus ou moins éloignées, l'on sent encore combien
cette exception est foible & légere. Cependant, pour
parler avec cette impartialité qui est le propre du bon
droit, il faut avouer qu'elle mérite une juste considération, lorsqu'elle est dans le cas précis que les Loix
ont établi. Mais quel est ce cas? C'est sur quoi la cupidité & les passions humaines ont répandu des nuages. Essayons de les dissiper à la lueur d'une Jurisprudence certaine & inébranlable.

Le cas de l'exception est, que le Médecin, parent du
testateur, soit en même tems son héritier présomptif,
ou l'un de ses héritiers présomptifs ; & cette sage sévérité de la Loi ne frappe pas sur les Médecins seuls,
elle embrasse en même tems des Administrateurs & plus
chers & plus favorables. « Je ne fais pas difficulté de
»conclure (nous dit Ricard * en parlant des tuteurs)   * N°. 470. V.
»que la proximité des collatéraux & leur qualité d'ha-   aussi les n°s. 468
»biles à succéder, ne doit pas les dispenser de la rigueur   & 469.
»des Ordonnances, lorsque la disposition qui est faite
»à leur profit, est plus forte que la portion à laquelle
»ils doivent par la Coutume succéder *ab intestat* ».
C'est ce qui a été jugé par un Arrêt du 7 Septembre   * Rapporté
1592, rendu *. au Parlement de Paris, & par deux   par Chopin sur
Arrêts de 1579, & Décembre 1592 **, rendus au   Paris, l. 2, tit.
Parlement de Toulouse.   4, n°. 13.

Les pere, mere, ou autres ascendans, tuteurs de   ** Rapportés
leurs enfans, ou petits-enfans, ne sont pas eux-mê-   par M. May-
mes exceptés de la prohibition légale, s'ils sont rema-   nard, l. 2, ch.
riés. La Loi fait disparoître alors la présomption de   95, & par M.
                                                 de Cambolas,
                                                 liv. 1er, ch. 33.

leur tendreſſe pour ne plus voir que celle de leur influence & de leur empire : une incapacité rigoureuſe
les frappe ; & les noms de pere de mere , ces noms de
reſpect & d'amour , ne les en défendent pas , tant eſt
forte parmi nous cette prohibition ſalutaire , la ſauve-
garde des familles & des foibles !

On juge de-là ſi les autres adminiſtrateurs doivent
être plus favorablement traités. Auſſi , nous le diſons
avec aſſurance , nous n'avons peut-être pas dans tout
notre droit, de point ſi formellement établi , ſoit par
les autorités , ſoit par les Arrêts , que celui qui réduit
l'exception de parenté dans un Médecin légataire à la
ſeule qualité d'héritier préſomptif.

M. Maynard ſe demande à lui-même , en traitant
la queſtion , ſi la prohibition de l'Ordonnance ſe doit
appliquer à ceux qui auroient ſuccédé *ab inteſtat* ? Et
il répond : « cela eût ſemblé de prime face pour l'Or-
» donnance , parlant généralement, devoir auſſi géné-
» ralement être entendu ; *& n'y en faiſant point de diſ-*
» *tinction ; moins en pouvoir par nous être faite.* . .
» Toutefois en l'an 1579,fut jugé le contraire au profit
» de Gaſpard d'Avignon ; ledit Arrêt fondé ſur ce que
» toutes les raiſons de ladite Ordonnance, conſéquen-
» ces ou ſuſpicions qu'on peut craindre ou douter, ſem-
» blent * ceſſer à l'endroit de ceux qui autrement ſuc-
» cédent *ab inteſtat.*

» Pareil Arrêt de Paris du mois de Septembre 1592 :
» d'où vient à être inféré que le ſuſdit Arrêt de ladite
» Cour , a lieu & doit ſervir de préjugé EN SON HYPO-
» THESE SEULEMENT ; *ſçavoir, quand icelui à qui ſeroit*
» *faite telle donation, viendroit à ſuccéder AB INTES-*

* Il ne dit pas
qu'elles *ceſſent,*
mais ſeulement
*qu'elles ſemblent
ceſſer.*

»*TAT*, *feul à celui qui l'auroit faite*, comme étoit
»ledit d'Avignon, *car autrement s'il y en avoit plufieurs*
»*& qui ne fuffent tous honorés & compris en ladite do-*
»*nation*, ALIUD DICENDUM ERIT ».

Defpeiffes, Jurifconfulte, dont on connoît toute
l'autorité, rapporte jufqu'à cinq Arrêts des Parlemens
de Paris, Dijon, Touloufe, Bordeaux contre les
Médecins, Chirurgiens, Apothicaires, contre leurs
femmes, & leurs enfans, toujours fujets à la prohibition, fi la qualité d'héritier préfomptif, ne les en ra-
chetoit. « *Cette décifion*, nous dit-il, *a lieu, bien qu'ils*
»*foient parens du malade, s'il y en a de plus proches*,
»comme il a été jugé au Parlement de Paris, fur un
»legs fait au fils d'un Médecin . . . . *feulement ces*
»legs font valables lorfque les légataires font fuccef-
»feurs *ab inteflat*. C'eft pourquoi par Arrêt du Parle-
»ment de Bordeaux, du 17 Juillet 1597, il fut dit
»que le Médecin qui difoit *fon fils* légataire, être le
»plus proche parent du défunt, vérifieroit ce fait ».

Legrand, célébre Commentateur de la Coutume
de Troyes, attefte la même Jurifprudence en un feul
mot, comme étant un point conftant dans l'ufage.
«On excepte, dit-il, de la fufdite Ordonnance, tous
»les autres plus proches parens *habiles à fucceder*»,
& il cite deux Arrêts rapportés par Chopin & Chenu,
qui établiffent le fuffrage de ces Auteurs & le fien.

M. l'Avocat Général Bignon, ce fage défenfeur
de nos maximes, confacra le même principe en 1662,
dans une occafion éclatante : on conteftoit un legs à
un Médecin, neveu de fon malade; les autres héritiers
foutenoient « que la Coutume ne s'eft relachée en

»faveur du fang & de la proximité, *que pour la ligne*
»*directe feulement* ». Ce fçavant Magiftrat fit voir à
quel degré l'autorité de la régle devoit s'arrêter, &
établir qu'à la vérité il falloit être héritier préfomptif,
mais qu'il fuffifoit de l'être en ligne collatérale, & le
legs fut confirmé.

Dans un tems plus récent encore, Monfieur le
Premier Préfident de Lamoignon confacroit le
même principe dans ces Arrêtés célebres, formés
d'après les conférences des premiers Magiftrats &
des plus fçavans Jurifconfultes; l'article 35 établit en
termes exprès l'incapacité des *Médecins*, Chirurgiens
& Apothicaires, celle de leurs femmes, de leurs enfans, de leurs afcendans & defcendans, encore que les
légataires foient *parens* ou filleuls des teftateurs; l'art.
38 réduit leur capacité au feul cas où ils font afcendans
ou defcendans *héritiers préfomptifs* du teftateur, ou
defcendans de fon héritier préfomptif.

Ajoutons à ces autorités celles même qu'on femble-
roit vouloir invoquer au contraire, & qui bien vues,
fe réuniffent à cette puiffante unanimité.

Bannelier, loin de décider pofitivement qu'il ne
foit pas néceffaire d'être *succeffible*, fe contente de
dire, comme un tempérament qu'il propofe de fon
chef & fans l'appuyer d'aucune autorité, que quand
le donataire (il ne parle pas-là d'un teftament, d'un
acte furpris à la foibleffe d'un mourant, & par confé-
quent plus fufpect encore, mais bien d'actes entre-vifs)
n'eft pas précifément un des fucceffibles; il faut pefer les
circonftances, & il place dans ces circonftances les motifs d'affection extrême, la liberté des donateurs, &c.

Raviot, autre Auteur de Bourgogne, eft moins
favorable

favorable encore à l'opinion, qu'il suffife d'être parent
fans être héritier préfomptif ; car en rapportant un
Arrêt rendu en faveur du fieur Bacon, Médecin, il
a grand foin d'obferver que ce fieur Bacon, étoit
SUCCESSIBLE : « il faut convenir (difoit une Partie *
» qui vouloit s'appuyer du fuffrage de cet Auteur) que
» dans cet endroit l'Auteur paroît ne parler *que des per-*
» *fonnes qui fe trouvent dans le degré de fuccéder* ».

   Ce même Auteur *, fur la queftion 16, en fes no-
tes fur Perier, établit expreffément les mêmes principes
que nous expofons ici ; tout ce qu'il dit de plus favorable pour les Médecins, eft qu'il fuffit au Médecin
d'être *fucceffible*, fans être le feul *fucceffible*, mais du
moins exige-t-il qu'on foit *fucceffible*.

   Enfin, un Arrêt de 1662, rendu en faveur du Sr
Vaffor, Médecin, établit expreffément la néceffité
d'être héritier préfomptif, pour effacer l'incapacité.
L'Auteur du Journal des Audiences qui le rapporte,
a grand foin d'ajouter : « dans la rencontre particu-
» liere du fait, SE TROUVOIT LA QUALITÉ D'HÉRITIER
» PRÉSOMPTIF, jointe à celle de Médecin. . . Il fal-
» loit confidérer en la Caufe, *que le Médecin ÉTOIT*
» *L'HÉRITIER PRÉSOMPTIF DU DÉFUNT* ».

   Nous réuniffons donc, pour établir ce principe, &
les noms célébres des Maynard, des Defpeiffes, des
Chopin, des Ricard, des Bignon, des Lamoignon,
& jufqu'à onze (1) Arrêts de quatre Parlemens.

* Mém. im-
primé pour le
fieur Macma-
hon en 1762.

* Obfervat.
fur Perier, tom.
premier, queft.
16.

(1) Ceux de 1599 & de 1592, rapportés par M. Maynard. Les cinq
rapportés par Defpeiffes. Celui rendu en 1662 fur les conclufions de M.
Bignon. Les deux cités par Legrand, d'après Chopin & Chenu ; & enfin
l'onzieme, rendu pour le fieur Levaffor, rapporté au Journal des Audiences.

E

Mais ce qui donne à ce principe une recommandation plus forte encore, c'est que les plus grands noms de notre Droit François ont regardé comme indispensable de s'attacher sévérement à la regle en cette matiere, & d'empêcher qu'elle ne soit énervée par une multitude d'exceptions que la cupidité ne manqueroit pas de produire, comme autant de faux fuyans pour éluder la Loi, ou d'entraves pour la contraindre. « Toutes ces considérations, disoit en 1658 Monsieur l'Avocat Général Talon, en concluant contre le fils d'un Médecin, qui réunissoit en sa faveur les motifs les plus touchans ; « toutes ces considérations ne sont pas capables de donner atteinte A LA REGLE ; il est en effet » d'une grande conséquence de s'attacher fortement » aux maximes générales, POUR RETRANCHER LA FRAUDE QUE L'ON FAIT AUTREMENT A LA LOI, *& couper la racine des procès.*

L'exception elle même faite en faveur *des ascendans non remariés,* Ricard * l'appelle courageusement UNE BRECHE FAITE A L'ORDONNANCE, breche que quelques-uns, dit-il, vouloient *porter plus avant.*

* N°. 468.

M. Maynard, en maintenant fermement la prohibition *dans le cas de Parenté simple,* sans y joindre la qualité d'héritier présomptif, disoit ces belles paroles qui devroient servir éternellement de réponse à tous les inventeurs de distinctions, d'exceptions, & de cas favorables ; « POUR PAR L'OUVERTURE DE CETTE BRECHE NE VOULOIT ANÉANTIR PRESQUE DU TOUT UNE » SI SAINTE, BONNE, ET LOUABLE ORDONNANCE ».

Ainsi, PRINCIPE FONDAMENTAL * en cette matiere. La parenté toute seule dans le Médecin, ne fait pas

* On verra dans un moment que l'Arrêt du sieur Macmahon n'emporte aucune dérogation à ce principe.

cesser l'incapacité légale, si cette parenté ne se trouve appuyée par la qualité d'héritier présomptif.

Qu'on ne croye pas au reste, quand nous établissons si fortement ce principe, que le sieur Girardon le croye indispensablement nécessaire à la Cause. Ce n'est que pour l'honneur même d'une Jurisprudence ferme & respectable, que nous avons pris soin de rassembler ici les autorités qui le consacrent.

Mais nous pourrions accorder aux besoins de cet Adversaire, ainsi qu'on l'a bien voulu faire à l'Audience, l'adoucissement d'admettre comme exception une parenté proche, une parenté quelconque, l'amitié, qu'il n'en auroit pas plus de moyens à nous opposer; parce qu'il se trouve également dénué de tous ces avantages.

Non-seulement le sieur Dulac (pour ramener ici l'application du principe que nous venons d'établir) n'étoit pas héritier présomptif, mais il n'étoit pas même son parent; & c'est une fiction faite pour la Cause, que de dire que le sieur Ferriol & les sieurs Dulac s'appelloient respectivement cousins. Rien n'est moins vrai, & les héritiers du sieur Ferriol le dénient expressément par Requête.

Non-seulement il n'étoit pas son parent, mais la femme n'étoit pas même parente du sieur Ferriol.

Non-seulement sa femme n'étoit pas parente du sieur Ferriol, mais lui n'étoit pas même son allié, & la femme de lui sieur Dulac n'a jamais été que * l'alliée du sieur Ferriol, par le premier mariage de celui-ci, dissous il y avoit vingt ans, sans aucuns enfans vivans, & par le troisieme mariage du sieur Ferriol, de la fem-

* On en va voir la preuve ci-après.

E ij

me duquel elle étoit seulement cousine germaine.

Non-seulement enfin elle n'étoit qu'alliée du sieur Ferriol, mais elle n'étoit encore qu'une alliée fort indifférente, & qu'il n'a pas gratifiée du plus léger legs.

Non-seulement il ne l'a pas gratifiée du plus léger legs, mais il n'a pas fait une disposition dont il ait pensé qu'elle pût implicitement profiter. Car d'un côté il n'y a point de communauté en Pays de Droit écrit : d'un autre côté le sieur Dulac n'a point d'enfans, dont sa femme pût hériter un jour.

Donc elle n'aura rien de ce legs; donc il est évident que le testateur n'a pas pensé à elle; donc il est évident que l'alliance n'a pour rien entré dans le motif de son legs; donc dans le fait ce motif ne pourroit servir d'exception au legs, quand même on pourroit admettre la simple alliance comme cause d'exception, au lieu que nous avons démontré que la parenté même ne suffit pas, & qu'il faut y joindre la qualité d'héritier présomptif. Sans doute cette chaîne de propositions qui enchérissent l'une sur l'autre dans un ordre rétrograde paroîtra une démonstration.

Mais allons plus loin encore : c'étoit si peu un allié que le sieur Ferriol vouloit gratifier dans son Médecin, qu'il est contre toute vérité que le sieur Dulac ne soit devenu son Médecin, qu'à l'occasion & par suite de l'alliance qui eût préparé la confiance dans ses lumieres.

Voilà pourtant sur quoi a porté presque toute la défense du sieur Dulac. Les Magistrats se souviennent encore de ces aveux qu'arrachoit la force des principes, & qui étoient pour notre Cause autant d'hommages involontaires, & par-là même plus importans.

Ce n'eſt pas, diſoit-on*, le Médecin qui eſt devenu l'allié, c'eſt l'allié qui eſt devenu le Médecin. Le ſieur Dulac avoit, a-t on dit, avec le ſieur Ferriol, un ayeul commun qui les rendoit parens du trois au quatre. Il a enſuite épouſé la couſine germaine de la femme du ſieur Ferriol, & c'eſt à la ſuite de cette liaiſon du ſang, cimentée par l'alliance, qu'il eſt devenu Médecin dans la maiſon. Ainſi il avoit une cauſe légale pour appuyer les diſpoſitions, ſans qu'on ait beſoin de les imputer à une cauſe ſuſpecte qui ne ſeroit que poſtérieure. Car c'eſt un principe inconteſtable, qu'une cauſe légale qui ſubſiſte d'abord, fait ceſſer, empêche même l'incapacité qui ne naîtroit qu'après.

* Plaidoierie pour le Médecin Dulac.

Indépendamment des vices de cette défenſe du côté des prétendues parentés que nous nions, indépendamment de ſon peu de ſolidité en droit, tirons en du moins cet aveu important, que ſi le Sr Dulac ſe trouve avoir été Médecin du ſieur Ferriol avant l'alliance, alors tout ce bel étalage diſparoîtroit pour faire place, de ſon propre aveu, à des vérités accablantes; alors la cauſe légale (pour parler ſon langage) ſe trouveroit détruite par la cauſe de ſuſpicion, de prohibition, & d'incapacité.

Or c'eſt un point conſtant (& qui ſera articulé par Réquête préciſe) que le ſieur Dulac, bien long-tems avant ſon mariage, célébré en . . . . . . étoit le Médecin de la Dame Ferriol, toujours malade, qu'il venoit même habituellement du lieu de Saint-Didier ſa demeure, exprès pour la voir.

Ainſi, bien avant cette alliance, par laquelle on veut valider un legs avoué nul ſuivant la régle générale, le sieur Dulac de son propre aveu, portoit en lui, non-seulement le germe de la prohibition, mais la prohibition même ; & nous le défions de nous montrer comment cette prohibition qui a commencé de le frapper, auroit été tout-à-coup effacée.

Car de parenté il n'y en point, & nous avons vu d'ailleurs qu'il faudroit être héritier présomptif, pour que la prohibition légale fût détruite.

D'alliance, il n'y en a pas même avec le sieur Ferriol; & la femme du Médecin n'étoit, au moment de son mariage, que la sœur d'une femme du sieur Ferriol, morte plus de 20 ans auparavant: ensorte que jamais les sieurs Ferriol & Dulac ne se sont vus les maris des deux sœurs.

Et cette considération est d'autant plus frappante, que quand même il y auroit eu une véritable alliance entre le testateur & le légataire, le défaut d'enfans du mariage de l'un des deux, & à plus forte raison des deux mariages, l'eût fait absolument évanouir. C'est une régle constante de notre Droit, qu'il est étonnant qu'on ait voulu méconnoître, en disant qu'il en étoit de même de la parenté & des alliances, quant aux *évocations*. * Car au contraire, on n'a qu'à ouvrir l'Ordonnance des évocations, titre 1er, art. 5: on y verra que ceux-là ne sont point compris au nombre des alliés du chef desquels on puisse évoquer, dont le mariage ne subsiste plus, ou qui n'en ont point d'enfans existans lors de l'évocation.

Or ici, non-seulement le mariage ne subsistoit plus, non-seulement il n'y avoit pas d'enfans existans de l'un ou de l'autre des mariages, ni de tous les deux, mais

* Plaidoyer du Médecin Du-lac.

ce qui est plus fort encore, jamais il n'y à eu d'enfans de ces deux mariages, & ainsi il n'y a pas même eu la la plus légere trace de cette alliance, à laquelle on a voulu donner de si merveilleux effets.

L'erreur a été la même de la part de l'Adversaire, en ce qui concerne les alliances mal-à-propos assimilées par lui aux parentés, dans leur étendue quant aux récusations ; car l'art. 4 du tit. 24 de l'Ordonnance civile, a grand soin de distinguer les deux cas de la femme morte, ou du mariage dont il n'y a enfans vivans, & efface en ce cas toute impression d'alliance : « Ce qui est dit, » porte cet article, des parens & alliés aura pareillement » lieu pour ceux de la femme, *si elle est vivante, ou si* » *le Juge ou la Partie en ont des enfans vivans* ».

Alléguera-t-il aussi *l'amitié*? Viendra-t-il profaner dans ce sanctuaire ce sentiment pur & respectable, que la cupidité offense toutes les fois qu'elle veut se couvrir de son nom ? Osera-t-il donner le beau nom d'amitié à ces relations de table ou de société qu'entraînent dans les petites Villes l'oisiveté, l'usage d'une fortune acquise, la nécessité de se voir, relations qu'il ose à peine alléguer? Mais non, c'est à son frere l'Avocat du Roi, à cet héritier si désintéressé, si délicat, si noble, qu'il laisse *l'amitié* à faire valoir devant les Juges ; & comme ils ont fidélement partagé la fortune du testateur, ils partagent aussi entr'eux leurs moyens. Le Médecin s'en tient à celui seul de parenté, que même il n'a pas.

Toute exception lui échappe donc, & frappé d'une prohibition si fortement justifiée par les faits de la Cause, il ne nous opposera rien par où l'on puisse *faire*

*breche & anéantir presque du tout une si sainte, bonne, &
louable Ordonnance.*

Mais destitué d'autorités & de moyens, il voudroit
faire ressource de l'Arrêt du sieur Macmahon, malgré
des différences si frappantes & si fortes, qu'il ne peut
raisonnablement espérer d'en tirer quelqu'avantage.
Et qui peut mieux les connoître que les Magistrats
eux-mêmes qui rendirent la Sentence sur laquelle est
intervenu l'Arrêt qu'on oppose, & qui se rappellent
encore les impressions que fit dans leurs esprits cette
importante affaire ?

D'abord lors de la mort du Marquis de Vianges
il y avoit douze ans que le sieur Macmahon avoit quitté
la profession de Médecin. Il produisoit des certificats
de Médecins, Chirurgiens, Apothicaires, & justifioit
qu'un Médecin pensionné par les sieurs de Morey lui
avoit succédé.

En second lieu, il nioit expressément avoir conti-
nué de traiter les sieurs de Morey, & rapportoit encore sur ce point des certificats très-forts.

3°. Les dispositions des deux freres avoient été faites dans un tems de santé, & cette circonstance favorable au sieur Macmahon affoiblissoit cette présomption d'influence & de suggestion que fait naître principalement l'état de maladie actuelle, qui donne au
Médecin tant de force & de pouvoir.

4°. C'étoit à la femme du sieur Macmahon, leur
belle-sœur, leur proche parente, qui avoit passé douze
années de sa vie à rendre des soins à ces deux vieil-
lards, qu'ils avoient fait leurs dons; c'étoit elle qu'ils
avoient instituée héritiere, & le sieur Macmahon n'a-
voit

n'avoit été donataire avec elle que dans un acte beaucoup moins important, qui impofoit des obligations
& des charges viageres que le fieur Macmahon foute-
noit être fupérieures au revenu de la chofe donnée.

5°. Il y avoit eu une divifion réelle, quoiqu'ancienne, entre les fieurs de Morey & le fieur Cortelot,
pere de leurs niéces; divifion prouvée par un teftament de celui-ci, peu honorable pour fes beau-freres ;
divifion qui paroiffoit avoir fait fur eux des impreffions
profondes, à en juger par un fragment d'une Lettre
de 1744, qui annonçoit dans les fieurs de Morey,
bien long-tems avant leur mort, le deffein de faire des
difpofitions nuifibles à leurs nieces.

6°. Enfin, & ce fut-là principalement le moyen dé-
cifif, les Adverfaires du fieur Macmahon n'articu-
loient aucuns faits de captation, de fuggeftion ; elles fe
contentoient de l'oppofer, fans fe fortifier par une
offre de preuve qui pût entraîner la conviction des
Magiftrats. Elles n'articulerent en preuve (& cela
feulement fur l'appel) que des faits de réconcilia-
tion & de bonne intelligence avec les fieurs de Morey,
mais nuls faits encore de captation, ni de fuggeftion.
Et cependant malgré ces fix affoibliffemens qui fe trou-
voient dans la Caufe de ces héritieres, ignore-t on que
la grandeur feule des difpofitions parut à plufieurs Magiftrats devoir exciter l'application de la Loi, & qu'a-
près un délibéré de deux heures & demie qu'il ne
nous appartient pas de pénétrer, il fut notoire alors
que le fieur Macmahon n'eut pas à beaucoup près
l'unanimité des fuffrages ?

Que fera-ce donc aujourd'hui lorfque les mêmes

F

Juges fentant tout les dangers de l'application d'un tel exemple (qui feroit fi fouvent invoqué dans les Tribunaux) n'en deviendront que plus fermes à maintenir la Loi fans atteinte vis-à-vis d'un homme qui fait la profeffion habituelle de Médecin, qui l'étoit du Sr Ferriol & de fa maifon avant d'avoir époufé la coufine germaine de fa femme, qui l'a traité dans fa derniere maladie, qui a diffimulé l'état de cette maladie pour conduire plus fûrement fon plan de fuggeftion, qui n'eft gratifié que par le teftament d'un mourant, qui eft gratifié feul fans que fa femme le foit ou puiffe même l'être par l'événement, qui n'allégue aucune divifion, aucune mefintelligence entre le frere & les deux fœurs, & contre lequel enfin on articule en preuve les faits les plus graves, les plus odieux, les plus décififs?

Ainfi l'empreffément du fieur Dulac à invoquer l'Arrêt du fieur de Macmahon, à faifir le premier la Chambre qui jugea cette Caufe, ne fervira qu'à lui montrer dans les Magiftrats cette attention fcrupuleufe à diftinguer les circonftances & les faits; & plus il avoit ofé préfumer de leur indulgence, plus il éprouvera la févérité de leur Juftice.

Cette Juftice redoutable frappera auffi l'Avocat du Roi fon frere, par l'application de l'incapacité légale qui s'étend pareillement fur lui.

L'incapacité légale a pour fondement (les Adverfaires l'établiffent eux-mêmes) la puiffance civile ou la puiffance morale, qui l'une ou l'autre conftituent ceux que les Loix appellent *adminiftrateurs*, qui l'une ou l'autre font appréhender cette influence, plus dangereufe que la contrainte, parce qu'on fe tient en garde contre celle-ci, & que l'on ne réſiſte que difficilement, que ſouvent même on ne penſe pas à réſiſter à celle-là.

Cette influence, que les Loix ont appréhendée dans les ſimples Gens d'affaires, nonobſtant la dépendance de leurs fonctions, eſt bien plus forte encore de la part de l'Avocat, que ſon aſcendant, ſes talens, ſes ſervices, la confiance du client, la grandeur des intérêts qui repoſent en ſes mains, rendroient le plus redoutable des *adminiſtrateurs*, ſi la pureté de ſon ame & la nobleſſe de ſa profeſſion ne raſſuroient nos Loix contre l'étendue de ſon pouvoir.

Les Loix Romaines défendoient à l'Avocat tout contrat de vente ou autre acte à titre onéreux *, avec celui dont il avoit pris la défenſe. Le Parlement de Touloufe maintient encore, à l'égard des Avocats, l'incapacité abſolue de l'ancienne Juriſprudence.

Dans le Parlement de Paris cette incapacité eſt pour ainſi dire ſuſpendue, également propre à être oppoſée ou à ne l'être pas, ſuivant que la nature des diſpoſitions, la liberté de celui qui gratifie, la conduite de celui qui eſt gratifié, peuvent ou ne peuvent pas donner lieu à ſon application. Lorſque la reconnoiſſance, l'honnêteté, la ſageſſe dictent en faveur de l'Avocat des diſpoſitions modérées, elles honorent également l'homme vertueux qui les reçoit, l'homme juſte qui les lui adreſſe, & la Loi les confirme. Mais lorſque la grandeur de la diſpoſition, la foibleſſe ou la dépendance de celui qui donne, la cupidité de celui à qui le don eſt fait, les voies qui l'ont procuré, répandent quelques nuages, font naître quelques ſoupçons; lorſqu'en un mot Avocat a été aſſez malheureux pour ne pas trouver

* L. quiſquis, §. prætereà cod. de poſtul. La gloſe ſur cette Loi porte: » *Ergo* EMERE *vel alias contrahere cum clientulo non poteſt, & eſt ratio quia omnia daret propter timorem litis.*

son guide dans son propre cœur, alors cette incapacité, qui n'étoit que suspendue, reprend toute sa force ; elle devient même d'autant plus accablante, que la Justice doit punir à-la-fois dans l'Avocat, & l'avidité qui a capté des dons injustes, & l'injure qu'il a faite à sa profession qu'il dégrade, & son manquement envers la Loi même, qui avoit bien voulu le rendre son propre Juge.

Qu'on ne dise donc point que l'Avocat n'est point incapable. Il est *administrateur*, dans le vrai sens de ce terme, on en convient, & il l'a bien fallu ; car il a pouvoir, empire, million de confiance, & quelquefois tout le sort de son client dans ses mains : donc il est incapable, parce que tout *administrateur* est incapable.

Mais, à la différence de l'incapacité *absolue* qui subsiste contre lui au Parlement de Toulouse, & qui a lieu dans tous les Parlemens contre le Médecin, le Chirurgien, l'Apothicaire, le Confesseur, le Procureur, l'Homme d'affaires, il jouit dans le ressort du Parlement de cette distinction glorieuse de n'être frappé que d'une incapacité éventuelle, que d'une incapacité qui se déterminera par sa propre conduite ; distinction qui, en même tems qu'elle l'honore, lui impose la loi d'une circonspection plus grande, d'une délicatesse plus épurée. Pour peu qu'il s'en écarte, pour peu qu'il soit soupçonné, ou qu'il puisse raisonnablement l'être de s'être oublié lui-même, la Loi lui retire sa faveur, l'incapacité renaît, le dégrade & l'accable.

D'après ces principes, trop purs, trop vrais pour être contestés, & dont nous irions, à défaut d'autres moyens, puiser la preuve dans le cœur du Défenseur

même de l'Adverſaire : nous diſons ces deux choſes,
1°. que le ſieur Dulac a été l'Avocat habituel du ſieur
Ferriol, 2°. que par ſa conduite en toute cette affaire,
& les ſoupçons qu'elle entraîne néceſſairement à ſa
ſuite, il a fait renaître de la maniere la plus forte l'incapacité ſuſpendue. Et pour bien fixer notre propoſition, qu'on prenne bien garde que nous ne parlons
encore ni de ſuggeſtion, telle qu'elle eſt déja prouvée
au Procès, ni de ſuggeſtion, telle qu'elle le ſeroit par
la preuve offerte, ſi elle étoit néceſſaire ; nous ne parlons ici que d'une conduite telle, qu'elle fait rentrer le
ſieur Dulac tout au moins dans la claſſe des autres adminiſtrateurs ordinaires, contre leſquels l'incapacité
toute ſeule, ſans aucuns autres moyens, entraîne la
nullité de la diſpoſition.

1°. Le ſieur Dulac a été l'Avocat, le Conſeil habituel du ſieur Ferriol. Son attention à s'emparer préci-
pitamment des papiers de ce teſtateur, en a diverti les
preuves ; mais heureuſement il exiſte entre les mains
des héritieres du ſang, deux pieces voiſines du tems de
ſa mort, écrites même de la main du ſieur Dulac, qui
établiſſent expreſſément cette qualité.

L'une d'elles eſt une tranſaction en forme de compte,
renfermant pluſieurs articles qui montent à 25666 liv.
paſſée entre le ſieur Ferriol & la Dame Vincent ſa
ſœur, par le conſeil de l'Avocat du Roi, & même *en
ſon hôtel & en ſa préſence*, le 22 Novembre 1763.
L'autre eſt une quittance d'une page entiere écrite de
ſa propre main, & donnée par le Sr Ferriol à la Dame
Vincent le 19 Juillet 1763.

On a voulu incidenter ſur ces deux pieces, en les

donnant comme des actes si simples, que le ministère
même du sieur Dulac y étoit superflu ; mais nous re-
torquons contre lui l'argument, en disant que si le
sieur Ferriol l'appelloit à ses affaires les plus légeres, à
plus forte raison donc il le consultoit dans les importantes. D'ailleurs la premiere de ces pieces est vrai-
ment une liquidation des droits de la mere commune,
dans laquelle il a fallu fixer & reprendre la dot, l'aug-
ment, les bagues & joyaux, & faire les déductions de
droit.

C'est encore une mauvaise évasion de dire que le
Sr Dulac n'a jamais plaidé pour le sieur Ferriol. N'est-
on donc le Conseil de quelqu'un que pour suivre ses
Procès intentés, & ne le sert-on pas plus utilement
encore en prévenant les Procès à intenter ? Un Médecin n'est-il Médecin que pour guérir un malade,
& ne l'est-il pas mieux encore, si par ses soins & des
remedes ordonnés à propos, il l'empêche de le devenir ?

En un mot, & ceci tranche toute difficulté, le sieur
Dulac ne sçauroit dire que le sieur Ferriol eût dans
Saint-Etienne ni ailleurs d'autre Avocat, d'autre Conseil que lui ; & certainement quand on a dans la Pro-
vince une fortune de 250000 livres, tant en fonds de
terres qu'en rentes, en maisons, en créances, en re-
couvremens, il est impossible qu'un homme qui n'en-
tend pas les affaires, n'ait recours aux lumieres de quelqu'un, ne défere à ses avis, ne le prenne pour le guide
de ses actes, de ses opérations, de tout ce qui peut lui
paroître grave dans les affaires d'administration, comme
dans celles qui ont trait à devenir contentieuses, ou
qui le sont. Or le sieur Dulac a été ce quelqu'un-là,

& c'eſt ce que les héritiers articulent de la maniere la plus poſitive.

Il étoit même pour le ſieur Ferriol un Conſeil d'au‑tant plus important, qu'il y auroit eu de la témérité à entreprendre des procès contre un homme ſoutenu d'un tel Défenſeur ; car la Cour a vu par la tournure ſingu‑liere des deux Plaintes admiſes en la Sénéchauſſée de Saint-Etienne (la ſeconde au mépris même d'un Arrêt de défenſe), par le dix-huitieme & le vingtieme des faits articulés, & par la légereté des cinq décrets d'aſ‑ſigné pour être ouï, l'un d'eux converti en décret de priſe de corps, ſans la plus légere charge contre trois des dé‑cretés, quelle eſt la puiſſante influence du Sr Dulac par ſa Charge d'Avocat du Roi. Ainſi, loin que nous con‑cluions avec lui, de tout ce qu'il a dit à la loüange du caractere de Juge (ſentiment que nous partageons inti‑mement avec lui), pour repouſſer tout ſoupçon de ſa perſonne ; nous nous ſervirons bien plûtôt de l'uſage même qu'il a fait de ce titre reſpectable, pour tirer contre lui, avec plus de juſteſſe ſans doute, une con‑cluſion toute contraire. Et ceci nous conduit naturel‑lement à retracer ici les circonſtances qui font naître les ſoupçons, qui leur donnent la gravité la plus acca‑blante, & qui couvrent le ſieur Dulac d'une incapa‑cité d'autant plus forte, que c'eſt lui-même qui l'a appellée ſur ſa tête.

Ces circonſtances ſont au nombre de ſix, & chacune ſéparément priſe, feroit revivre ſans reſſource l'incapa‑cité à laquelle il s'efforce de ſe ſouſtraire.

Premiere circonſtance : *Univerſalité de la diſpoſi‑tion au préjudice de deux ſœurs préſomptives héritieres.*

Cette Univerſalité eſt un premier caractere qui excite juſtement les ſoupçons, parce qu'elle n'eſt pas dans l'ordre des évenemens ordinaires, & qu'elle bleſſe tout à la fois la raiſon, la meſure d'une reconnoiſſance modérée, l'honnêteté & la nature. En bonne-foi ! eſt-il dans l'ordre qu'un Avocat qui allegue pour toutes marques d'amitié de la part de ſon client, *un cheval donné, quelques bouteilles de vin de Champagne envoyées,* ſe trouve tout-à-coup avoir pour lui & pour ſon frere une ſucceſſion de 50000 écus enlevée à deux ſœurs chéries, dont l'une, bornée dans ſa fortune, a trois enfans?

Ecoutons comment s'explique ſur cette Univerſalité ſi odieuſe, la reſpectable ſévérité du Miniſtere public. Ce fut en concluant pour Me Pillon, Procureur, légataire univerſel de la Comteſſe de Buat, & défendu par ſa ſeule probité aux yeux des Magiſtrats, que M. l'Avocat Général de Fleury s'exprimoit en ces termes: « Il faut avouer que *ſi la diſpoſition comprenoit généra-* » *lement tous ſes biens, SI ELLE AVOIT PAR SON TES-* » *TAMENT DÉPOUILLÉ ENTIEREMENT DE SES HÉ-* » *RITIERS LÉGITIMES POUR ENRICHIR UN ÉTRAN-* » *GER, ON NE POURROIT PAS S'EMPÊCHER D'ÉCOU-* » *TER LEURS PLAINTES PLUS FAVORABLEMENT;* » *mais elle n'a diſpoſé en faveur de Pillon, que des biens* » *qu'elle poſſédoit en France.... Elle a rendu d'ailleurs à* » *ſes héritiers toute la juſtice qu'ils devoient eſpérer;* elle » leur laiſſe les biens qu'elle poſſédoit en Hollande, & » qui COMPOSOIENT SON PATRIMOINE. Par ce moyen » le legs n'eſt univerſel que par rapport aux biens ſitués » en France ».

Seconde circonſtance : *Réunion des trois freres au-* *tour*

tour du malade. Quelle étrange obfeffion que celle de trois freres qui fe relevent l'un l'autre pour garder un malade à vue, pour écarter quiconque pourroit ou voudroit nuire à leurs deffeins, pour le dérober à des fœurs chéries ! Pendant les fept jours de fa maladie ils ne l'ont pas quitté, & toujours l'un d'eux a été en faction au chevet de fon lit. L'un conduifoit fa maladie, l'autre gouvernoit fon efprit, le troifieme endormoit fa confcience dans un calme trompeur, en lui difant, au fujet de fes fœurs qu'il vouloit voir, *il fuffit que vous ne leur vouliez point de mal ;* infinuation odieufe, que le malade lui-même s'empreffa de rejetter.

Eh quoi ! fi la feule préfence d'un Médecin près d'un malade allarme la Loi, fi elle fait préfumer la fuggeftion du legs le plus modique, fi elle le rend nul ; quelle fera donc la préfomption contre trois freres, réunis tous les trois dans trois minifteres redoutables ? Quelle fera-t-elle fur-tout contre l'Avocat du Roi, dont l'incapacité feulement fufpendue, renaît & s'ouvre aux plus foibles foupçons ?

Troifieme circonftance : *Diffimulation affectée du danger de la maladie.* Si l'Avocat du Roi n'attendoit rien, ou s'il n'attendoit qu'un legs honnête, modéré, libre, qu'étoit-il befoin de cacher à toute la Ville, & fur-tout aux fœurs, une maladie qui s'annonçoit d'abord comme mortelle à des fignes certains ? L'amitié n'a rien à craindre de la nature, mais la captation a tout à redouter d'elle. Quelles que foient les déclamations, les dénégations de l'Avocat du Roi, nous lui préfenterons toujours avec fimplicité, mais avec force, ces époques certaines qu'il ne peut méconnoître. Le Sr Ferriol

G

eft tombé malade le 18 Mars, on l'a fait tefter dès le
21 ; on ne l'a adminiftré que le 24, on ne lui a permis
de voir fes fœurs qu'après avoir été adminiftré.

Or que veut dire cette occultation frauduleufe d'un
mourant dérobé à fa famille ? N'appartenoit-il pas à fes
proches ? Ne devoit-on pas les avertir, afin qu'ils puf-
fent donner un libre effor aux mouvemens de leur ten-
dreffe ? Ils auroient fait appeller d'autres Médecins (la
ville de Saint-Etienne en renferme d'habiles), dont
les lumieres auroient concouru avec celles du fieur Dulac. Convenoit-il à celui-ci, défigné légataire de
50000 livres, de prendre fur lui feul le traitement du
malade ? & pouvoit-il fe répondre que fa reconnoif-
fance même ne troubleroit pas la liberté de fon ame,
la fagacité de fes vues ? Ils l'auroient fecouru, en un
mot ; ils l'auroient vu, du moins, & les devoirs de
l'honnêteté, ceux de la bienféance, ceux de la religion même (1) n'auroient pas été tout à la fois violés
par une diffimulation qui feule décele des motifs bas
& repréhenfibles.

(1) Une de nos Loix (la Déclaration du 8 Mars 1712) fait aux Médecins un devoir civil & religieux tout enfemble de faire eux-mêmes ad-
miniftrer les malades dès que la maladie peut avoir trait à la mort :
« Voulons & nous plaît que tous les Médecins de notre Royaume foient
» tenus LE SECOND JOUR qu'ils vifiteront les malades attaqués de fievre
» ou autre maladie qui par fa nature peut avoir trait à la mort, de les
» avertir de fe confeffer ; & en cas que les malades ou leurs familles ne
» paroiffent pas difpofés à fuivre cet avis, les Médecins feront tenus d'en
» avertir le Curé ou le Vicaire de la Paroiffe dans laquelle les malades
» demeureront, & d'en tirer un certificat ; . . . défendons aux Médecins
» de les vifiter LE TROISIEME JOUR, s'il ne leur paroît par un certificat
» figné du Confeffeur dudit malade . . . . Voulons que les Médecins qui
» auront contrevenu à notre préfente Déclaration foient condamnés pour
» la premiere fois à 300 *livres d'amende*, qu'ils foient interdits pour la
» feconde fois de toute fonction & exercice pendant trois mois au moins,
» & pour la troifieme fois déclarés déchus de leurs degrés, &c. »

Quatrieme circonſtance : *Confection du teſtament hors de la maiſon du teſtateur.* N'y eût-il à cet égard que des ſoupçons, de quel front oſeroit ſoutenir le teſtament, un homme que la Loi frappe d'incapacité, tant qu'il ne la repouſſe pas loin de lui par une conduite ſupérieure à toute critique ; un homme qui ne peut recevoir *l'inſtitution d'héritier,* comme tout autre Citoyen, par la force du titre qui le lui confere., mais par ſa ſeule honnêteté, qui la lui faſſe décerner en Juſtice?

Or ici n'avons-nous que des ſoupçons, & l'imprudente précipitation des Adverſaires ne nous a-t-elle pas déja fourni des preuves?

Ce teſtament contient ſix pages d'expédition : ç'a été (les Adverſaites l'avouent eux-mêmes) L'OUVRAGE DE PLUSIEURS HEURES. A en croire le texte de ce ſingulier ouvrage, le teſtateur l'a fait, l'a vu, l'a revû avec complaiſance, comme un monument de juſtice & de ſageſſe ; après ſe l'être fait lire, il le relit de nouveau, il ne peut s'empêcher de le relire encore, ce ſont ſes propres termes : « Je me ſuis fait LIRE mon préſent » teſtament,& l'ai moi-même LU & RELU pluſieurs fois; » j'ai cotté les pages, & les ai ſignées en bas de chacune » dans madite chambre au deuxieme étage, aujourd'hui » 21 Mars 1764, *ſur une heure après midi.*

Cependant tout ce grand ouvrage & ſa triple lecture ſont finis avant une heure après midi, & le certificat du Greffier, produit par les Adverſaires, nous prouve qu'après midi paſſé (1) le Notaire, en même tems Procureur, étoit encore à l'Audience.

(1) On a voulu écarter cette accablante induction, en diſant, ſans le

Cet ouvrage n'eût donc pas duré *une demi-heure* à composer, à combiner, à dicter, à écrire, à relire trois fois, à parapher, à revêtir de la forme de la suscription & des sceaux de six témoins instrumentaires, toutes choses impossibles en si peu de tems. Il a donc été apporté tout fait chez le testateur; on est au moins en droit de le soupçonner fortement, d'après ces dates rapprochées : & alors que devient cette exception personnelle, cette distinction honorable par laquelle la Loi, en présumant la probité, la droiture, la délicatesse de l'Avocat, auroit écarté son incapacité toujours subsistante?

Cinquieme circonstance : *Invasion de la maison & des effets, sans apposition de scellés.*

C'est ici sans doute un des traits les plus graves contre l'Adversaire; & ce seroit le plus grave de tous, si l'Avocat du Roi n'avoit donné lieu à un reproche plus accablant encore par le fait qui va suivre. Nous commençons par lui accorder ici qu'en qualité d'héritier institué il a eu la saisine légale, sans demander délivrance, & qu'il a pu se mettre de lui-même en possession; mais c'est par-là même qu'il nous semble plus répréhensible. Qui lui avoit appris qu'il étoit cet héritier institué? Par quelle inspiration d'en-haut provoquoit-il si rapidement, un jour même de dimanche pendant l'Office divin, l'ouverture d'un testament mystique, auquel jusqu'à cette ouverture même il étoit absolument étranger? L'honneur, le respect pour soi-même qui s'alarme des seules apparences, ne lui prescrivoient-ils pas d'appeller les héritiers, de leur faire part du testament, de les inviter à entrer avec lui dans la maison mortuaire, de leur faire examiner les papiers de leur frere, pour qu'ils vîssent si rien ne pouvoit faire obstacle à l'exécution de ses dernieres dispositions? Voilà ce qu'eût fait un héritier institué qui n'auroit pas craint la discussion du testament, & qui se seroit reposé sur sa seule honnêteté, sur sa réputation connue, du soin de le défendre. Mais lui, toujours veillant sur sa conquête, toujours tremblant qu'on ne la lui enleve, à peine le défunt a fermé les yeux, qu'il s'empare de sa maison comme d'une place prise d'assaut; & que se rendant maître de tous ses titres & papiers, de tous les documens qui auroient vengé les droits du sang, il jouit enfin de ce testament qui lui avoit coûté tant de travaux.

Et quand il se croit bien établi dans sa place, joignant alors la fausseté des démonstrations à l'abus qu'il avoit fait de son empire, il va trouver ses héritiers, & leur dit avec un ton affectueux, avec un air composé: « qu'il » étoit bien fâché de ce testament; qu'il lui auroit » suffi d'un diamant de mille écus, qu'il voyoit avec » peine de telles dispositions »; à quoi les héritiers lui répondent avec franchise : « Si ce testament vous dé- » plaît réellement, vous pouvez aisément faire cesser » votre peine, en remettant les choses dans l'ordre ». Et

lui reste muet, croyant avoir suffisamment donné à
l'honnêteté, à la Justice, par une vaine formule de paroles! Et ce seroit-là ce Citoyen au-dessus de toutes at-
taques, pour lequel la Loi auroit fait taire ses justes dé-
fiances, auroit suspendu ses rigueurs!

Sixieme circonstance: *Procédure vexatoire.*

On défend avec modération un legs qu'on a reçu
avec honneur: on attend du moins, pour le défendre,
que ce legs soit attaqué.

Mais ici quel contraste étonnant entre le paisible
désintéressement d'un vertueux légataire, qui, comme
Me Pillon, s'en rapporte à la prudence de la Cour de
lui confirmer ou de lui ôter ce que son cœur ne con-
voita jamais, & ces démarches hardies & rapides, cette
procédure effrayante, & vexatoire, ces batteries dressées
avec autant de précipitation que de défiance, pour s'assurer d'avance, sous l'ombre de venger une offense ima-
ginaire, les fruits d'une captation réelle, en intimidant,
en subjuguant des témoins allarmés, en les réduisant
du moins au silence! Qu'annonceront désormais ces
signes humilians, par lesquels la Justice prépare la punition des coupables, si les décrets d'assigné pour être ouï,
ceux d'ajournement personnel, ceux même de prise de
corps, sont pour ainsi dire, dans les mains d'un Avocat
du Roi, des instrumens de terreur ou de vengeance?
Quoi! des héritiers modestes dans leur douleur auront
renfermé au-dedans d'eux-mêmes leurs soupçons &
leurs plaintes; & sans qu'ils ayent proféré un seul mot
contre un Juge, il les fera décréter d'assigné pour

être ouïs, il rendra les sœurs & le beau-frere de son
bienfaiteur fugitifs au sein de leur propre patrie! Et
d'un autre côté deux citoyens se trouvent chargés par
un témoin, d'avoir voulu lui suggérer dans le vin une
déposition fausse; & ces suborneurs (s'il faut en croire
le langage de la déposition) ne sont décrétés que d'af-
signé pour être ouïs; & après leurs interrogatoires il
semble qu'on appréhende de les poursuivre, qu'on
se tienne heureux qu'ils ne commencent pas à poursuivre à leur tour! Et une malheureuse femme se trouve
arrachée à son mari, à ses enfans, précipitée dans les
prisons, menacée même du cachot par le sieur Dulac,
qui ne rougit pas de descendre lui-même au fond de la
prison, si elle dépose d'une maniere à renverser l'édifice
de la captation & de la fraude! Et un Arrêt de défense
est impuissant pour arrêter ces vexations & ces hor-
reurs! Et pour prix de ces iniques procédures, il faudroit déférer au sieur Dulac, comme une sorte de cou-
ronne civique, la succession du sieur Ferriol, parce que
son état le met si éminemment au-dessus de tous soupçons, de toute application d'incapacité, qu'on ne peut
les proposer contre lui sans outrage!

En bonne-foi! jamais une prétention semblable
fut-elle, on ne dit pas accueillie, mais seulement pré-
sentée dans les Tribunaux? Ah! si avant de porter son
prétendu droit en Justice réglée, cet Adversaire, qui
réclame le privilege attaché par nos Loix à la qualité
d'Avocat, eût été soumis pour sa conduite à ce Tribunal d'honneur qui juge non-seulement les actions,
mais les pensées, qui punit également & les tentatives
avides proscrites par les Loix, & ces succès honteux

qu'elles font forcées d'accorder à la force extérieure des actes ; à la vue de toutes ces circonstances réunies, quel pense-t-il qu'eût été ce jugement sur lui-même, nécessaire néanmoins pour qu'il pût s'arroger les privileges d'une profession qui doit elle-même avouer auparavant ceux qui les réclament ? Qu'il nous dise, s'il l'ose (& nous lui faisons ici l'honneur de le prendre pour Juge dans sa propre Cause) ; qu'il nous dise si à la vue de tous ces faits, à la résistance indécente qu'il oppose à leur preuve, il entendroit la Cour prononcer, comme elle fit autrefois dans la célebre Cause de Me Pillon : « ATTENDU LA PROBITÉ RECONNUE ET LE » DÉSINTÉRESSEMENT DE FRANÇOIS PILLON, la Cour » a confirmé le legs ». Encore une fois, qu'il se juge lui-même, & qu'il prononce.

Il se tait, c'en est assez ; & ces circonstances aggravantes, déja si fortement présentées à l'Audience, le renferment malgré lui dans la classe des *administrateurs* dont la Loi redoute l'empire, le soumettent malgré lui à cette incapacité qui n'étoit que suspendue, & dont sa conduite a ranimé toute la rigueur. N'y eût-il que cette derniere circonstance seule, que cette oppression, d'autant plus odieuse qu'elle s'est couverte du voile de la justice, il seroit incapable, il seroit l'homme dont la Loi a craint, à voulu prévenir la captation & la cupidité ; car, que l'on juge des mouvemens, des ressorts qu'il a réunis pour se procurer une si belle succession, par les voies qu'il a osé employer pour la défendre, avant même qu'on travaillât à la lui ravir.

Une fois incapable, tout le testament tombe avec lui ; & par-là tombe, par un nouveau coup, ce legs de
son

fon frere, qu'il avoit voulu étayer d'une main chance-
lante, comme s'il n'avoit pas eu affez de fe défendre
lui-même. Mais il le falloit bien ainfi, pour préfenter
une forte de défenfe extérieure à ce legs fi évidemment
nul. Il falloit bien que l'Avocat du Roi vînt, comme
héritier, au fecours de fon frere, légataire ; qu'il lui fît
un rempart de fon inftitution, plus repréhenfible encore ; nouveau détour de fraude qui infulte la Loi
qui l'accufe d'impuiffance, qui l'auroit forcée de con-
facrer ce qu'elle doit punir, & qui intéreffe la gloire
même de la Juftice à venger cette injure.

Quel abus ce feroit faire des Loix, que de vouloir
foutenir par elles la validité d'un legs nul, parce qu'il
accroîtroit, dit-on, à une inftitution qu'on ofe foutenir valable !

Que l'on confulte au contraire ces Loix mêmes, on
y verra l'équité, qui en eft le principe, profcrire hautement toutes les circonftances, toutes les tournures
obliques, tous les détours par lefquels on voudroit gratifier un incapable, au mépris de leurs prohibitions.
Elles appliquent ces legs au Fifc, ce que nos Loix,
plus humaines, ont réfervé au profit des héritiers légitimes.

Ces legs, que les Loix Romaines ôtoient à l'héritier
inftitué, en punition de ce qu'il avoit voulu les frauder, étoient même appellés du nom particulier d'*erep-*
titium, *quia hæredi eripiebantur tamquam indigno* *. * Ulpien, tit.
On regardoit comme indigne de profiter du bénéfice   19, §. 17.
de la Loi, en vertu de laquelle les fucceffions teftamentaires elles-mêmes font déférées, celui qui avoit
prêté fon nom & fon miniftére pour la frauder.

H

Les préſomptions auxquelles on attachoit la preuve de fraude, étoient aſſurément bien plus foibles, ſuivant les Loix Romaines, que celles qui ſont réunies dans cette Cauſe : « *In fraudem juris fidem accommo-* dat, nous dit le Juriſconſulte Gaïus *, *qui vel id* quod relinquitur, vel aliud tacitè promittit reſtituturum *ſe perſonæ quæ Legibus ex teſtamento capere prohibe- tur, ſive chirographum eo nomine dederit, ſive NUDA POLLICITATIONE repromiſerit* ».

Il n'étoit pas même beſoin d'une promeſſe verbale prouvée, il ſuffiſoit que les termes, que l'eſprit, que l'apparence de la diſpoſition indiquaſſent qu'elle devoit tourner vers un incapable, pour en faire dépouiller l'héritier inſtitué. Deux Loix Romaines nous en donnent des exemples très-remarquables.

L'un eſt puiſé dans la Loi 125, §. 1, ff. *de Legatis* 10. Le teſtateur, après avoir légué certains effets à Gaïus Sejus, ajoute : *Te rogo, Sei, uti ea omnia quæ ſcripta ſunt reddas,* EI *redderes ipſe.* La premiere partie de cette diſpoſition étant à découvert, le fidéicommis, ſuivant la lettre de la Loi, n'eſt point un fidéicommis tacite ; cependant la ſeule omiſſion d'avoir nommé celui à qui il faut reſtituer, en ſe ſervant de ces termes, EI *redderes ipſe,* rend le legs nul, & l'applique au Fiſc.

L'autre exemple eſt puiſé dans la Loi 40, ff. *de jure Fiſci.* Le legs eſt conçu en ces termes : *Rogo* FUNDUM *Titio des de quo te rogavi.* La diſpoſition paroît à découvert en faveur de Titius ; mais il y a encore un fidéicommis tacite, en ce que le legs reſte indéfini par la généralité du mot *fundum,* qui n'annonce rien de certain, rien de poſitif ; & c'eſt-là le cas de dire avec

la Loi, *non enim eft palàm relinquere quod ex tefta-*
mento fciri non poteft cùm recitatum eft.

Mais dans notre Caufe en fommes-nous réduits à
ces préfomptions de fidéicommis tacite, tirées ou de
l'incertitude de la chofe léguée, ou du filence fur le
nom du légataire, comme dans les deux Loix qui vien-
nent d'être citées? Ne voyons-nous pas au contraire
le Médecin incapable mis fur la même ligne que l'héritier inftitué, & gratifié d'un legs égal à l'inftitution?
Ne le voyons-nous pas même traité en quelque forte
plus avantageufement, puifqu'on lui donne une jouiffance préfente, & que l'héritier inftitué n'obtient
qu'une jouiffance incertaine & éloignée? Ne voyons-
nous pas encore cet héritier inftitué réduit à défendre
lui-même la validité du legs fait à fon frere, pour
écarter le reproche de fidéicommis tacite, & con-
féquemment forcé d'avouer lui-même la nullité du
legs, & fon application aux héritiers du fang, dès que
l'incapacité de fon frere fe trouvera reconnue par les
Juges? A tous ces traits fans doute on reconnoît une
fraude à la Loi, bien plus forte, bien plus caractérifée,
bien plus évidente que celles dont les Loix Romaines
nous offrent les exemples; & ainfi ces Loix qui régif-
fent le Forez, doivent avoir dans la Caufe la plus jufte
& la plus févere application.

SECONDE PROPOSITION.

Les fieurs Dulac ont fuggéré le teftament du St Ferriol,
& en ont empêché la révocation.

A la vue des preuves employées dans la premiere

Proposition , à la vue des faits graves qui les appuyent, il n'est personne qui ne regarde la Cause des héritiers comme déja établie. L'incapacité du Médecin, d'une part , est fondée sur la Loi , il en convient, & n'est rachetée par aucune exception quelconque. L'incapacité de l'Avocat, par lui contestée sur le point de droit, est, d'un autre côté, tellement affermie part les fai s qu'en lui accordant même le privilege trop étendu qu'il donne à la qualité d'Avocat, relativement aux incapacités légales, il se seroit mis évidemment hors d'état de le réclamer : & que faudroit-il de plus ?

Cependant ce n'est pas encore là toute la Cause ; & si nous avons assez fait pour la conviction de nos Juges par le seul moyen d'*incapacité*, il nous reste à exciter plus vivement encore l'austere sentiment de leur justice , en leur présentant dans tout son jour le moyen de *suggestion :* ministere cruel pour notre cœur, puisqu'il faut leur montrer jusqu'à quel point un Juge a oublié ses devoirs !

Et d'abord, qu'est-ce que la *suggestion* ? La suggestion , nous disent les Jurisconsultes, n'est autre chose qu'une fausseté déguisée, & dont l'artifice est d'autant plus à craindre , qu'il a en apparence plus de rapport avec le vrai, ce qui l'a fait appeler *improbissimum genus falsi.* « Elle est , nous disent-ils encore , » une fausseté artificieusement déguisée, en ce que ce- » lui qui s'en sert , substitue sa volonté au lieu de celle » du défunt ; & fait tant néanmoins par adresse & par » mauvais artifices, que le testateur la consent & la pro- » nonce » .

C'est ainsi que Ricard définit la suggestion.

» Ce ne font pas feulement, nous dit ce même Au-
» teur *, la faveur des héritiers, & le motif de confer-
» ver les fucceffions à ceux qui y font appellés par les
» Loix, qui font que nous devons recevoir favorable-
» ment les moyens de fuggeftion qui fe propofent con-
» tre les teftamens, & que le Public y eft pareillement
» intéreffé, tant parce que toute fuppofition contient
» en foi une efpece de FURT & de LARCIN, qui anime
» perpétuellement la vengeance publique, que parce
» qu'il s'agit de conferver ici les infirmes contre les
» pieges qui leur font dreffés, & d'accorder une protec-
» tion aux foibles» !

* Ricard , part. 5 , chap. 1 , n°. 1.

Auffi les dernieres Loix font beaucoup plus favorables encore aux moyens de fuggeftion , que celles
qui avoient précédé. On fe contentoit en général d'admettre la fuggeftion comme viciant un teftament;
mais on avoit élevé des difficultés fur la forme de cette
admiffion, & fur les cas où elle devoit avoir lieu. Quelques Jurifconfultes avoient été, peu raifonnablement
à la vérité, jufqu'à foutenir qu'il falloit attaquer le teftament par la voie d'*infcription de faux ;* en quoi ils
introduifoient une forme la plûpart du tems impraticable, puifque le teftament pouvoit être matérielle-
ment vrai , c'eft-à-dire, écrit de la main du teftateur,
& cependant n'être pas l'expreffion de fa volonté. La
nouvelle Ordonnance a diffipé tous ces nuages; elle
autorife expreffément les moyens de captation & de
fuggeftion , fans qu'il foit befoin d'aucune formalité
pour les préfenter. « Sans préjudice, porte l'article 47,
» des autres moyens tirés des difpofitions des Loix ou
» des Coutumes, ou de la SUGGESTION & CAPTATION

» *desdits actes*, lesquels pourront être allégués, fans
» qu'il foit befoin de s'inscrire en faux à cet effet».

Le moyen de fuggeftion a donc acquis une nouvelle force par le dernier état de la Jurisprudence.

Pour le dire en un mot, le moyen d'*incapacité* eft
une fuggeftion préfumée, la fuggeftion eft une *incapacité* prouvée.

De-là, quelles forces réunies contre un teftament;
que combattent les deux moyens d'*incapacité* & de *fuggeftion* tout enfemble ! Dans l'un on voit les craintes de
la Loi, dans l'autre on voit ces craintes juftifiées ; dans
celui-ci on voit fa prévoyance pour empêcher, dans celui-
là on invoque fa févérité pour punir ; le premier effaie
de prévenir la captation en la rendant inutile, le fecond enleve au captateur fon indigne victoire ; & tous
deux fe prêtant un fecours mutuel, le moyen de fuggeftion détruit *de plano*, par une conviction de fait,
ce que le moyen d'incapacité avoit annullé d'avance
par une préfomption légale.

Ici fous quels traits la fuggeftion fe montre, & comme elle perce de toutes parts !

Suggeftion pour préparer le teftament, fuggeftion
pour le faire faire, fuggeftion & même violence pour
empêcher qu'il ne foit changé ; moyens irréguliers
pour étouffer la preuve de tout ce qu'on avoit fi irré-
gulierement pratiqué. Retraçons rapidement ces différentes vues.

Suggeftion pour préparer le teftament. Les trois freres
s'uniffent, fe diftribuent leurs rôles. L'un préfente fous
de fauffes couleurs une médiation refpectable propofée
par le Commandant de Lyon dans une famille qui lui

étoit chere, pour faire ceffer à l'amiable la peine que
l'un de fes membres avoit éprouvée. L'autre répand
une fauffe fécurité par des bruits *d'une indifpofition lé-*
gere, & fe garde bien de laiffer appeller aucun autre
Médecin pour confulter avec lui. Le troifieme confirme ces bruits de fon côté, en retardant jufqu'au dernier moment l'adminiftration des Sacremens : il veille
auprès du malade, lorfque les affaires ou le befoin appellent fes deux coopérateurs au dehors ; & tous trois
fe remplaçant perpétuellement l'un l'autre, fe rendent
maîtres du malade, de fa maifon, de tout ce qui l'en-
vironne ; s'affurent de la veuve, leur coufine germaine
(qu'ils difent n'avoir aucune dot), & d'une parente du
teftateur demeurante avec lui, en leur promettant une
portion raifonnable dans cette fucceffion qu'ils partaa-
gent d'avance.

Suggeftion pour faire faire le teftament. C'eft l'Avocat du Roi qui le 21 Mars, jour du teftament, eft auprès du malade depuis fix heures du matin jufqu'à dix ;
c'eft lui qui, après UNE COURTE APPARITION A L'AU-
DIENCE, ne peut réfifter à fon empreffement, s'élance
du Tribunal, court chez le Notaire, ordonne les préparatifs du facrifice qu'il va faire faire à un mourant en-
traîné par une impreffion étrangere ; c'eft lui qui, pour
mieux préfider à fon ouvrage, ne craint pas de fe cacher
derriere une cloifon prife fur la chambre du teftateur,
pour de-là tout voir, tout entendre ; pour porter un re-
mede prompt, fi la nature s'alloit réveiller en lui, s'il
alloit refufer d'admettre dans cette COURTE ENTREVUE
d'une demi-heure à peine, un teftament dont la com-

poſition réfléchie demandoit PLUSIEURS HEURES (1): c'eſt lui qui, pour intéreſſer les valets à défendre le teſ- ment, ſe hâte de deſcendre vers eux, & de leur dire, avec une aſſurance poſitive, QU'ILS SERONT CONTENS; ce qu'il ne pouvoit encore ſavoir ni du Notaire ni du teſtateur, auxquels il n'avoit pu parler; ce qu'il ne ſa- voit donc que pour avoir lui-même préparé leurs legs.

Suggeſtion & même violence pour empêcher que le teſ- tament ne ſoit changé. Capter un teſtateur mourant, ſurprendre à ſa foibleſſe, arracher à ſon impuiſſance de ſe défendre, une diſpoſition qu'il n'eût pas faire en ſanté, faire préférer des étrangers à des ſœurs, c'eſt une faute ſans doute, & une faute des plus répréhenſibles; mais tenir un mourant captif dans ſa propre maiſon, mais lui refuſer l'Officier public qu'il demande à grands cris; mais étouffer ſa douleur & mépriſer ſes remords; mais lui retarder juſqu'au dernier moment ſa réconci- liation avec Dieu, pour empêcher une entrevue re- doutée; mais vouloir le tromper ſur les diſpoſitions qu'exige de lui la participation aux ſaints Myſteres, & COMPROMETTRE POUR AINSI DIRE SON ÉTERNITÉ *, n'eſt-ce pas offenſer tout-à-la-fois la liberté civile, l'hu- manité, la religion, la nature?

Et ces excès reſteroient impunis! C'eſt trop peu dire, ils ſeroient récompenſés par une captation d'en- viron 200000 livres! Et l'on viendra nous dire, après de tels traits, que la ſuggeſtion eſt un moyen *bannal*

* Expreſſions du celebre Co- chin dans une Cauſe ſembla- ble, la Cauſe de Cholloy.

(1) Plaidoyer de l'Avocat du Roi, du 29 Avril 1765. Il n'y a qu'à lire en effet le teſtament, & en rapprocher toutes les clauſes, pour voir évidemment qu'il eſt impoſſible qu'il ait été rédigé, & même ſeulement écrit en une demi-heure.

employé

mployé par des collatéraux mécontens, & indigne de
l'attention de la Justice !

Mais qui pourroit donc l'exciter, cette attention sé-
vere, si elle ne reconnoissoit pas ici la suggestion à son
caractere distinctif, c'est-à-dire, à la substitution d'une
volonté étrangere mise à la place de celle du testateur?
Est-ce la volonté de ce testateur mourant que nous
pouvons reconnoître dans l'acte appellé *son testament*,
quand nous voyons les trois freres se réunir pour le lui
surprendre ; quand nous voyons consommer en moins
d'une demi-heure l'ouvrage de PLUSIEURS HEURES ;
quand nous voyons l'Avocat du Roi l'obsédant durant
toute la journée du testament, avant, pendant, & après,
le surveillant à travers les fentes d'une cloison, & des-
cendant avec précipitation pour carresser des domestiques, & leur dire qu'*ils seront tous contens ?* Est-ce la
volonté du testateur de dépouiller de tout son bien,
& d'un bien reçu de son pere, deux sœurs chéries & les
enfans de l'une d'elles ; ces sœurs qu'il demande à plusieurs reprises, qu'il reçoit avec la tendresse la plus vive,
qu'il serre dans ses embrassemens ? Est-ce la volonté
de ce testateur, lui qui dès le soir même du testament
redemande le Notaire, lui qui ordonne à plusieurs fois
à son domestique de l'aller chercher, lui qui, après
avoir vu ses sœurs, le demande plus fortement que jamais, & par deux fois, à l'Avocat du Roi, qui le re-
fuse ; lui enfin qui s'écrie toute la nuit de sa mort,
avec la douleur la plus touchante & les plaintes les plus
ameres : *Je meurs en désespéré : que diront de moi les
honnêtes gens ? Je deshonore ma famille : qu'on aille
promptement chercher le Notaire.*

I

Non-seulement il y a *suggestion*, mais il y a encore ici empêchement apporté au testateur ; & c'est une violence que les Loix Romaines, *qui régissent le Forez*, punissent par la cassation du testament.

« Qui dùm captat hereditatem LEGITIMAM * vel ex » testamento, prohibuit testamentarium introire, vo-» lente eo facere testamentum, VEL MUTARE, Divus » Hadrianus constituit denegari ei debere actiones *..... » Si plures heredes instituti sunt *& omnes dolo fecerint*, » quominus testamentum mutaretur, dicendum est » actiones omnibus denegari, quia omnes dolo fece-» runt » (1).

La Loi deuxieme, au même titre, est encore plus formelle & plus précise, puisqu'elle dépouille même *les héritiers du sang* qui ont apporté obstacle aux dispositions du testateur (2).

Les Loix premiere & deux, au Code, *eod. titulo*, qualifient cette violence de *crime*, & déclarent *indignes* de la succession ceux qui s'en sont rendus coupables (3).

Toutes ces Loix sont en vigueur parmi nous dans les Pays de Droit écrit ; c'est ce que nous atteste M. May-

(1) Ajoutez à ces loix la loi 2, *eodem titulo* ; les loix premiere & deuxieme, *eodem titulo*, qui qualifient cette violence de crime.

(2) « Si quis dolo malo fecerit *ut testes non veniant*, & per hoc deficiatur facultas testamenti faciendi, *deneganda sunt actiones ei qui dolo fecerit, sive legitimus heres sit, sive priore testamento scriptus* ».

(3) « Civili disceptationi CRIMEN adjungitur, si testator non suâ sponte » testamentum fecit, *sed compulsus ab eo qui heres est institutus*, vel à » quolibet alio, quos noluit, scripsit heredes. . . . eos qui ne testamen-» tum ordinaretur, impedimento fuisse monstrantur, VELUT INDIGNAS » PERSONAS à successionis compendio removeri CELEBERRIMI JURIS EST ».

nard *, rapportant un Arrêt célebre rendu au Parlement de Touloufe au mois d'Avril 1570, qui confif-
qua au profit du Domaine * la portion d'un des infti-
tués (à qui l'on n'oppofoit ni fuggeftion ni incapacité),
pour le feul fait d'avoir empêché un Notaire de venir
vers le teftateur.

* Liv. 8, ch.
74.

* On a déja vu
plus haut que ce
qui étoit déferé
au Fifc par les
Loix Romai-
nes, l'eft parmi
nous aux héri-
tiers du fang.

Et affurément cela ne fe fit pas, à beaucoup près,
avec tant d'indécence & de dureté que dans notre efpece ; cependant *le Procureur Général de Sa Majefté
SE JOIGNIT AU PROCÉS,* & l'on ordonna la preuve.

M. Maynard, après avoir rapporté l'Arrêt rendu
contre cet héritier INDIGNE, c'eft ainfi qu'il l'appelle,
d'après le texte même des Loix, ajoute que *la difpofition du Droit eft gardée & obfervée en France, NOM-
MÉMENT AU PAYS DE DROIT ÉCRIT, où le fait que
deffus étoit advenu.*

Que fera-ce donc fi à ces preuves de fuggeftion &
de violence nous ajoutons ces procédures vexatoires
pratiquées depuis la mort, pour étouffer les preuves
d'une captation qui s'annonçoit de toutes parts ? Mais
abftenons-nous en ce moment de retracer des faits auxquels il fuffit de leurs propres forces fur l'ame des Magiftrats, & difcutons même les objections qu'on s'efforce de faire naître d'une procédure dont on devroit
être humilié.

Cette procédure, difent les fieurs Dulac, vexatoire
ou non, prouve au moins par trois dépofitions *, que
les fieurs Jany & Tremollet, amis des héritiers, ont
voulu fuborner dans le vin & par des promeffes, Philibert Peyret, Domeftique du feu fieur Ferriol, pour
lui faire foutenir que le fieur Ferriol avoit voulu faire

* Celles de
Philibert Pey-
ret, de Pierre
Prunieres, & de
la femme Va-
cher.

un codicile : donc le recours à ces voies coupables prouve l'impoſſibilité de prouver réguliérement la ſuggeſtion : donc il n'y en a pas eu.

La réponſe à l'objection ſe trouve dans l'objection même. Qu'on liſe ces trois dépoſitions, on verra qu'elles ſe réduiſent à celle de Philibert ſeul, puiſque le ſieur Prunieres ne dépoſe que de ce qu'il dit avoir oui de Philibert même, & que la femme Vachier ne parle nullement du fait relatif aux ſieurs Jany, & Tremollet. Or Philibert dépoſant ſeul, qu'on l'a fait boire, qu'on lui a propoſé d'atteſter que le mourant a voulu faire un codicile, fera-t-il preuve lui ſeul contre les ſieurs Jany & Tremollet qui le nient, puiſqu'il ne feroit pas même preuve contre eux, quand ils garderoient le ſilence ? N'eſt-ce pas au contraire la dépoſition de ces deux Particuliers qui conſtitue Philibert en menſonge ? Et ſi les ſieurs Jany & Tremollet euſſent pu ſeulement paroître des ſuborneurs, croira-t-on que l'Avocat du Roi, ſi redoutable dans Saint-Etienne, les auroit laiſſés ſans pourſuites ? Tirons donc des aſſertions réunies des ſieurs Jany & Tremollet, la preuve que Philibert a déclaré la volonté du ſieur Ferriol de faire un codicile, & non de la dénégation ſolitaire de ce Domeſtique, la preuve que le ſieur Ferriol ne l'a pas voulu, & qu'on ait tenté d'engager Philibert à le dépoſer, en lui offrant ridiculement L'APPAS DE LA PLUS BRILLANTE FORTUNE *.

* Ces expreſſions ſeules s'adreſſant à un valet, montreroient tout le faux de la dépoſition.

Autre objection bien digne de figurer avec la précédente. Les dépoſitions, diſent les Adverſaires, prouvent que le ſieur Ferriol avoit dit pluſieurs fois à différentes perſonnes, qu'*il donneroit plutôt ſon bien à quel-*

qu'un qui lui feroit totalement inconnu ; que de le laiffer
à fes fœurs ; qu'il avoit des raifons d'être mécontent
d'elles, &c. Donc il n'a pas été befoin d'employer de
fuggeftion : donc il n'y a pas de fuggeftion.

Quelle foi mériteront de pareilles confidences pré-
tendües faites à des valets & à des gens de la lie du peu-
ple, quand on ne voit perfonne de confidération dépofer rien de femblable ? Étoit-ce à des gens de cette efpece
que le fieur Ferriol, homme d'un rang & d'une naiffance
honorables, alloit faire fes prétendues plaintes & dévoi-
ler fes projets ? Et fur quoi d'ailleurs ces plaintes auroient-
elles pu porter, lorfqu'on ne peut articuler un fait, un
feul fait qui eût pu troubler leur heureufe intelligence ?
Ah ! croyons-en plutôt le fieur Ferriol demandant à
cris redoublés fes fœurs, les ferrant dans fes bras, les
baignant de fes larmes, que de vils témoignages de
valets dépendans & de témoins effrayés ! C'eft dans fes
larmes qu'il faut aller chercher l'expreffion de fa volon-
le cri de la nature.

Et croit-on d'ailleurs, pour donner un moment
quelque confiftance à ces méprifables dépofitions ;
croit-on que fi le fieur Ferriol eût en effet annoncé
qu'il vouloit dépouiller fes fœurs pour laiffer fes biens
à quelqu'inconnu, les Magiftrats confirmaffent une
difpofition qui, pour mériter d'être fubftituée à celle
des Loix, doit avoir leur pureté, leur impartialité,
leur juftice ? Croit-on qu'ils reconnuffent à de tels
traits *juftam voluntatis fententiam*, & qu'une haine
aveugle & fans caufe ne leur parût pas un moyen de
réprobation auffi puiffant qu'une odieufe fuggeftion,
fi même ils n'alloient pas jufqu'à penfer que l'un de ces

vices auroit préparé le succès de l'autre ; & qu'y ayant tout-à-la-fois & disposition *ab irato*, & suggestion entée sur elle, un testament n'en est que plus répréhensible ?

Une derniere objection contre la suggestion, est de dire : Mais quoi, les captateurs auroient-ils perdu 33.000 liv. en legs, qui pouvoient monter à beaucoup moins ? Si c'étoit une politique de leur part, l'auroient-ils rendu si coûteuse ? N'auroient-ils pas au contraire, en donnant beaucoup moins à des étrangers, donné quelque chose aux sœurs ?

Vains raisonnemens, qui ne détruiront ni des faits, ni des preuves ! Ne falloit-il pas s'assurer & de la veuve, & de cette parente demeurante dans la maison, qui ne pouvoient raisonnablement faire passer, sans quelque intérêt pour elles-mêmes, cette belle succession en des mains étrangeres ? Pouvoit-on donner moins de 12000 livres à cette parente qui ne se souvient pas d'avoir rien vu, rien entendu ? Et si l'on n'a rien donné aux sœurs, c'est qu'il falloit, ou ne leur rien donner en effet, ou leur donner un legs digne d'elles, un legs que sa modicité ne fît pas paroître dérisoire, & qui seroit devenu un nouvel argument contr'eux.

À l'égard de ces legs de générosité apparente, dont les Adversaires font sonner si haut la pureté & l'importance, n'est-il pas évident qu'ils ont voulu mettre, pour ainsi dire, leurs propres legs en bonne compagnie, afin de sauver les uns par les autres ; & que, bons calculateurs comme ils sont, ils n'ont donné réellement que ce qu'ils ont cru indispensable au succès de leurs desseins ?

Mais ce nouvel artifice ne leur réussira pas mieux que celui d'avoir voulu couvrir l'incapacité du Médecin

par une fin de non-recevoir, en lui donnant son frère
pour contradicteur. La Loi vient encore ici au secours
des héritiers dépouillés ; & en discernant dans le testament ce qui est honnête de ce qui ne l'est pas, ce qui
peut subsister, de ce qui est vicié par une suggestion ra-
dicale, elle conserve ces légs qu'ils avoient associés aux
leurs, & leur ravit les leurs propres, parce qu'elle n'y
reconnoît pas la volonté libre & pure qui doit en être
le principe.

Entre plusieurs Loix qui annoncent cet esprit, il
nous suffira de rappeller ici ces Loix si connues sur la
matiere, la Loi 3, §. 4, & la Loi 14, ff. *de jure Fisci*, qui
y sont formelles : *Cùm ex causâ taciti fideicommissi*,
nous dit la premiere de ces Loix, *bona ad Fiscum per-*
tinent *, OMNIA QUÆ IN TESTAMENTO UTILITER
DATA SUNT, *VALENT*, & ita *Divus Pius rescripsit.*

La seconde est aussi expresse : *Ex quibuslibet causis*
Fisco vindicatur hæreditas, LIBERTATES ET LEGATA
MANENT.

Ainsi les Loix, sages & justes, ont pourvu à tout,
& nulle fraude n'échappe à leur sévérité, de même
que nulle disposition honnête n'est entraînée dans une
chûte commune.

Les héritiers du sang se sont empressés de souscrire
aux dispositions de ces Loix ; & ils n'ont cessé depuis
le commencement de la Cause de déclarer qu'ils enten-
dent exécuter les legs portés au testament, autres que
ceux faits aux sieurs Dulac. S'il leur reste quelque regret
à cet égard, c'est qu'ils n'aient pas eu le mérite de con-
sentir ainsi d'eux-mêmes, des legs sur lesquels ils ont si
hautement annoncé leur volonté à ces légataires & à
tous leurs concitoyens.

* On a vu
plus haut que ce
qui étoit déferé
au Fisc par les
Loix Romaines
l'est parmi nous
dans les mêmes
cas à l'héritier
du sang.

La fuggeftion reftera donc feule , ifolée , retombante pleinement fur fes auteurs ; prouvée par les rufes mêmes employées pour la voiler, & dénuée de cet appui, à la faveur duquel elle avoit efpéré de faire illufion au cœur des Magiftrats.

TROISIEME PROPOSITION.

Dans le cas où la Cour n'auroit pas dès-à-préfent la conviction entiere de la fuggeftion, il eft indifpenfable d'ordonner la preuve des faits articulés.

La preuve a lieu en matiere de fuggeftion : les faits articulés font pertinens & admiffibles ; la plupart même d'entre eux font déja prouvés. Voilà en fubftance à quoi fe réduit toute cette propofition.

1°. La preuve a lieu en matiere de fuggeftion. *La fuggeftion & la captation des teftamens pourront être alléguées fans qu'il foit néceffaire de s'infcrire en faux à cet effet.* Ordonnance de 1735. art. 47.

Cette décifion eft fondée fur deux principes inconteftables qui, indépendamment de ce texte de Loi, rendroient feuls l'admiffion en preuve, dans cette matiere, indifpenfable.

PREMIER PRINCIPE. La preuve teftimoniale eft admiffible de tous les faits qui n'ont pu tomber en convention. Or, &c.

SECOND PRINCIPE. (1) La preuve teftimoniale eft

---

(1) Ricard, part. 3 , chap. 1 , n. 3. Pothier fur Orléans, tit. des teftamens & donations teftamentaires. Bourjon tit. des teftamens, chap. 11, fect. 1. Boiffeau, de la preuve par témoins, part. 1 , chap 7 , n. 2.

admiffible

admissible *de tous délits*. La suggestion, pour nous servir du langage des Jurisconsultes, est un *délit*, & renferme en soi une espece de FURT & de LARCIN.

Ajoutons qu'y ayant eu en cette affaire un empêchement de tester apporté au testateur, c'est un fait
qui tombe en preuve suivant l'Arrêt du Parlement de
Touloufe rapporté plus haut ; que d'ailleurs les Adversaires ayant fait leur preuve à leur maniere par la
voie criminelle, & une preuve dont ils osent s'appuyer
dans la Cause, il est juste que des héritiers dépouillés
ayent un égal avantage. Enfin la nature même des
faits imputés à l'Avocat du Roi exige pour l'honneur
de la Justice une preuve qui la mette en état ou de le
punir ou de le venger.

2°. Les faits articulés font pertinens & admissibles ;
la plupart même d'entre eux font déja prouvés. Que
dirions-nous ici qui n'ait été dit plus haut, qui n'ait
porté la conviction dans tous les esprits? Sans doute ils
font *pertinens*, des faits qui présentent le tableau de la
suggestion la plus suivie, la plus artificieuse, la plus
effrayante. Sans doute *ils font déja prouvés pour la plupart*, des faits, dont on n'a essayé de se tirer que par des
dénégations vagues, que par des équivoques aisées à
démêler, que par des lettres & certificats mandiés, qui
ne disent pas, à baucoup près, ce qu'on veut leur faire
dire, & dont quelques-uns font même tacitement
avoués par le silence des Adversaires.

Et pour éviter ici de les reprendre trop en détail,
plaçons-les, comme on l'a fait à l'Audience, sous sept
Chefs principaux, qui montreront combien ils en-
troient tous dans le plan d'une suggestion profondé-

K

ment méditée, & combien fous ce point de vue ils doivent exciter l'attention.

PREMIER CHEF.

Diffimulation affectée du danger de la maladie.

Quel pouvoit être le motif de cette diffimulation,
finon de mettre les trois freres en état d'employer tous
les momens, & d'écarter tous ceux qui auroient pu
leur nuire? S'ils n'avoient rien médité pour eux-mêmes,
quel befoin d'employer cette rufe indécente, & n'auroient-ils pas laiffé aux chofes leur cours ordinaire? Le
fait eft donc pertinent pour tendie à la preuve de la
fuggeftion.

Or ce fait fe trouve établi par les troifieme, quatrieme & quinzieme faits articulés. Qu'y oppofe-t-on?
Rien autre chofe, finon qu'il a été adminiftré le 21.
Nous foutenons, nous, & nous articulons par requête
précife, qu'il ne l'a été que le 24, veille de fa mort. Dans
cette contrariété, dès que le fait eft reconnu pertinent,
la preuve eft indifpenfable.

SECOND CHEF.

Précautions prifes pour éloigner les deux fœurs.

Ce Chef eft plus pertinent encore que celui qui
précede; car il annonce le même efprit, & l'annonce
d'une maniere plus marquée, plus audacieufe, plus fuf-
pecte.

Or ce fait se trouve établi par les neuvieme & douzieme faits articulés. Ce discours révoltant & presque incroyable dans la bouche d'un Pasteur, *il suffit que vous ne leur vouliez point de mal*, n'annonce-t-il pas évidemment le dessein le plus formel de dérober à ses sœurs le sieur Ferriol mourant ? Ce fait a-t-il reçu à l'Audience quelque atteinte ? N'a-t-on pas avoué que le Curé Dulac n'a été chercher les sœurs que le 24, veille de la mort ? Or, pourquoi n'avoir pas accordé plûtôt au frere l'entrevue de ses sœurs, lui qui les demanda dès le 22, lui qu'on trouvoit assez mal dès le 20 au soir, pour lui faire faire le 21 son testament ?

On oppose que la Dame Vincent a vu son frere dans sa maladie, & bien avant l'administration des Sacremens. On en veut induire la preuve de ce qu'elle envoya prier le sieur Abbé Morel de confesser son frere. Mais quand l'en envoya-t-elle prier ? Ce fut après avoir appris le 23 au soir l'état de son frere.

On oppose encore que *toute la ville* a vu le sieur Ferriol, a été chez lui, qu'ainsi les deux sœurs n'ont pu ne pas le voir. Mais c'est encore ici une exagération ridicule employée pour couvrir une foiblesse réelle. Comment toute la ville l'auroit-elle vu, lui que le Curé Dulac ne vouloit pas même laisser avec ses sœurs pendant quelques instans, lui dont on n'annonçoit par-tout la maladie que comme *une indisposition legere*, lui qui ayant demandé ses sœurs dès le 22, n'a pu obtenir qu'on les lui amenât que le 24 ?

Au surplus, & ceci tranche, la Dame Vincent dénie par requête précise avoir vu son frere avant le 24.

K ij

Les héritiers articulent d'ailleurs qu'il les a demandées dès le 22. Donc on a caché le frere aux sœurs. Donc on l'a souftrait à elles pour mieux exercer, loin de leurs regards, l'empire de la suggeftion. Donc le fait doit être admis en preuve.

Troisieme Chef.

Précautions pour éloigner un Confeffeur ordinaire qui auroit rappellé le Teftateur à fes devoirs.

Ce fait refpire encore ouvertement la suggeftion : car pourquoi enlever à un mourant cette confolation fi précieufe dans ces triftes inftans, de n'ouvrir fon ame qu'à celui qui en connoît depuis long-tems les fentimens & les foibleffes ? Pourquoi livrer ce mourant aux foins moins zélés & moins tendres d'un inconnu, fi l'on n'eût eu les plus forts motifs pour écarter de l'intérieur de la maifon tous ceux qui auroient pu ou déranger, ou feulement entrevoir les mefures fi profondément prifes, & en inftruire les héritieres légitimes ?

Or ce fait eft établi d'une maniere grave dans le onzieme des faits articulés. Qu'y oppofe-t-on ? Un certificat d'un Religieux qui prouve bien qu'on ne l'a pas appellé, mais qui ne prouve nullement que le mourant ne l'ait pas demandé ; une lettre du fieur Abbé Morel, dont l'exagération dans les termes annonce le véritable auteur, lettre qui donne à fa maladie plus de confiftance qu'on ne l'avoit penfé d'abord, mais qui ne détruit nullement ni le difcours à lui tenu par le Médecin, ni

la promesse qu'il avoit faite de venir confesser le mou‑
rant, promesse qu'il eût remplie, si on ne l'en eût em‑
pêché par de tels artifices.

. Les héritieres articulent même comme fait nouveau
*que le sieur Abbé Morel avoit offert de venir dans une
chaise à porteurs.* Ce fait d'avoir insidieusement privé le
mourant de son Confesseur ordinaire est donc encore
un fait tendant à établir la suggestion, un fait posé avec
précision, avec des circonstances aggravantes, un fait
par conséquent dont la preuve est indispensable.

Quatrieme Chef.

*Assiduités plus que suspectes des trois freres, notamment
de l'Avocat du Roi avant, pendant, & après le testa‑
ment.*

La suggestion n'étant autre chose qu'une influence
d'une volonté sur une autre, ne peut pas se montrer
aux yeux, ne peut s'établir que par l'ensemble des faits
accessoires qui prouvent à tout homme raisonnable
qu'elle aura été exercée. Or, dans cet ordre de faits,
celui de s'être réunis tous les trois autour d'un mourant
enlevé à ses amis, à ses proches, de l'avoir gardé, sur‑
veillé, obsédé, sur-tout dans le jour du testament,
pendant sa confection & après, est sans contredit un
des faits les plus graves, les plus pertinens, les plus ad‑
missibles.

Or ce fait se trouve établi dans le premier, cinquie‑
me & huitieme des faits articulés. Et qu'y oppose-t-on ?

Un certificat du Greffier, qui porte que le Notaire Ferrandin, en même tems Procureur au Siege de Saint-Etienne, resta à l'Audience le 21 Mars jusqu'à la fin. Mais on le demande de bonne foi, ce certificat-là prouve-t-il que les trois freres n'ayent pas environné le mourant, que l'Avocat du Roi n'ait pas été près de lui le jour du testament depuis le matin 6 heures jusqu'à l'heure de l'Audience, qu'il ait été à l'Audience pendant toute sa durée, au lieu de n'y avoir fait, comme nous l'articulons, qu'UNE COURTE APPARITION? Ce certificat prouve-t-il encore que l'Avocat du Roi n'ait pas passé aussi-tôt après chez le Notaire, quoiqu'absent, qu'il n'ait pas parlé à son Clerc pour ordonner la convocation des témoins & les préparatifs du testament, qu'il ne se soit pas caché derriere une cloison donnant sur la chambre du malade, à portée de tout entendre & de tout voir, qu'il ne soit pas aussi-tôt descendu avec allégresse vers les domestiques, en leur disant *qu'ils seroient contens*, afin qu'ils fissent cause commune avec lui? Non assurément, & la *ténuité* (si l'on peut parler ainsi) de ce certificat, qui ne prouve qu'un fait isolé, étranger à la suggestion, (le fait que le Notaire étoit à l'Audience au lieu d'être chez lui depuis tel tems jusqu'à tel tems) ne devient-elle pas elle-même une forte preuve de la vérité de tous les autres faits réunis ici, puisqu'on n'ose entreprendre ni de les dénier formellement, ni de les défendre? Ce certificat lui-même, en fixant le fait que le Notaire est resté à l'Audience jusqu'à la fin, & en se joignant aux dépositions de Philibert & de la veuve Peyron sur *l'heure de l'arrivée du Notaire*, ne prouve-t-il pas bien clairement l'impoſſibilité que le teſtateur ait lui-même diſpoſé & dicté un teſtament qu'on n'auroit pas même eu le tems d'écrire en ſi peu de tems? Voilà donc encore un chef de la plus grande force pour établir la ſuggeſtion , chef dont la preuve eſt conſéquemment indiſpenſable.

CINQUIEME CHEF.

Empêchemens apportés à ce que le Teſtateur fît venir ſon Notaire.

Ce Chef ſeul ſeroit un moyen ſuffiſant pour la caſſation du teſtament. Les Loix Romaines, qui ſont les Loix du Forez, y ſont formelles, & l'on a vu plus haut un premier Arrêt du Parlement de Toulouſe, ordonner la preuve de ce fait ſeul; un ſecond Arrêt, caſſer après la preuve faite, le teſtament dont on avoit empêché la révocation. Quelle force n'aura donc pas un fait qui n'eſt lui-même qu'une partie de ceux employés par les héritiers du ſang?

Or ce fait ſe trouve établi par les huitieme, dixieme, treizieme & quatorzieme des faits articulés; & c'eſt peut-être celui de tous ſur lequel on articule les détails les plus précis, les plus graves, les plus révoltans. « *Je » meurs en déſeſpéré*, s'écrie le mourant la nuit même » de ſa mort: *je deshonore ma famille, qu'on aille promp- » tement chercher le Notaire* ». Dans quelque état policé que ce ſoit, un tel fait peut-il être articulé à la face des Juges, ſans entraîner néceſſairement une preuve qui faſſe tomber, où ſur ſon auteur la peine due à l'oppreſſion, ou ſur les héritiers qui l'auroient fauſſement avancé, la peine due à une atroce calomnie?

Cependant qu'y oppoſe-t-on? Rien autre choſe, ſinon que ſi le teſtateur a demandé le Notaire, on auroit dû l'aller chercher; que puiſqu'on ne l'a pas été chercher, c'eſt donc une preuve qu'il ne l'a pas demandé. C'eſt-à-dire, qu'on répond à la queſtion par la queſtion même; c'eſt-à-dire, qu'il faut effacer d'un ſeul trait les deux titres entiers du Digeſte & du Code, *ſi quis aliquem teſtari prohibuerit:* car il n'y aura perſonne accuſé d'avoir empêché un autre de teſter, qui ne puiſſe faire auſſi juſtement, auſſi raiſonnablement la même réponſe.

Et nous, nous appuyons au contraire ce fait par les deux réponſes des ſieurs Jany & Tremollet dans leurs interrogatoires, qui prouvent que le teſtateur a été empêché de faire un codicile.

Voilà donc un fait grave, un fait d'obſeſſion & d'empêchement, qui établit clairement la ſuggeſtion, & plus encore, un fait nullement combattu d'un côté, prouvé d'avance de l'autre dans une de ſes principales parties, un fait par conſéquent dont il eſt impoſſible de ne pas ordonner la preuve.

SIXIEME CHEF.

Refus du Médecin de déſemparer d'auprès du malade

Qu'un grand intérêt a dû retenir le Médecin auprès du mourant, ſi cet intérêt a pu vaincre l'honnêteté, le devoir & la nature! & quel étoit-il cet intérêt, ſinon de reſter refter auprès de lui, pour affurer de concert avec fon frere la confervation de leur ouvrage? Sa mere lui envoye un exprès pour reclamer fes fecours, & il répond: « Je ne » puis quitter le fieur Ferriol, j'ai les raifons les plus » importantes pour refter auprès de lui ».

Voilà donc encore un fait probatif de la fuggeftion ou commencée, ou confommée, & qui eft le feizieme des faits articulés.

On y oppofe un certificat de *Pharmaciens*, qui attestent que la Dame Dulac mere n'a pas eu befoin d'eux, & n'a eu depuis long-tems aucune maladie grave; mais cela prouve-t-il que pour n'avoir pas cru devoir appeller ces *Pharmaciens*, elle n'ait pas cru avoir befoin du fecours du *Médecin* fon fils? Cela détruit-il le fait certain d'un exprès envoyé à Saint-Etienne pour l'appeller vers elle? Cela détruit-il la réponfe du fils, que le foulevement de cet exprès a rendue publique?

La preuve de ce fait, comme fait tendant à établir de plus en plus l'obfeffion, la captation, la fuggeftion, eft donc pareillement indifpenfable.

Il eft bien d'autres faits encore que nous omettons dans une fi grande multitude, & qui fe trouvent foit dans les faits imprimés, foit dans les Requêtes. Paffons rapidement au dernier chef.

SEPTIEME ET DERNIER CHEF.

Machination, violence, vexation dans la procédure criminelle.

On l'a vue plus haut cette procédure odieufe que

L

nous gémirions d'avoir à retracer encore. Quelle impreffion n'a-t-elle pas faite fur tous les efprits ? Quelle indignation n'a-t-elle pas portée dans tous les cœurs ? Un Avocat du Roi, le défenfeur né des foibles & des malheureux, arracher une pauvre femme à fon mari, à fes enfans, la précipiter dans une prifon, en défendre l'entrée aux amis, aux parens de cette infortunée, y defcendre lui-même pour l'effrayer par ces accablantes menaces : « C'eft POUR AVOIR TROP PARLÉ (que » tu es ici) *prend garde à ce que tu diras DANS L'IN-* »TERROGATOIRE QUE L'ON VA TE FAIRE, autre- »ment *je te ferai mettre AU CACHOT* »!

Et que dirons-nous du Domeftique Philibert, appellé dans une chambre *fur le derriere, enfermé fous la clef par furprife, & interrogé,* fait rendu plus gravement encore dans l'interrogatoire du fieur Tremollet ? Eft-ce ainfi qu'on rend la juftice aux Citoyens, qu'on refpecte leur liberté, qu'on reçoit leurs dépofitions au fond de nos Provinces & loin des regards de la Cour, dans une affaire où l'intérêt même de l'Officier public plaignant, devoit lui infpirer plus de modération, plus de régularité, plus de réferve ?

On veut adoucir le fait odieux de l'emprifonnement, en difant, qu'il n'a été que de peu d'heures. Mais s'il a été injufte, s'il a été véxatoire, que fait fa durée ? En a-t-on moins privé une Citoyenne d'un de fes plus précieux droits ? En a-t-on moins porté la terreur dans fon ame immédiatement avant la dépofition, par des menaces & des outrages ?

Il eft d'ailleurs contraire à la vérité que cet emprifonnement n'ait été que de peu d'heures. Il fuffit de jet-

ter les yeux fur les Pieces, on y verra qu'elle a été em-
prifonnée le 9, (peu après midi) & qu'elle n'a été
mife en liberté que le 10 avant midi.

Mais ce qui eft plus révoltant encore, c'eft d'y lire
le *foutien* fait pour l'Avocat du Roi, que cette femme
ne peut *être élargie & mife hors des prifons , & QUE
SON PROCÉS DOIT LUI ETRE FAIT ET PARFAIT*. Et
quel eft celui qui fait ce *foutien* fi barbare? C'eft Chomat, Procureur, ce même Chomat, chargé d'avertir
la femme Gérin, & qui par fa négligence plus que fuf-
pecte, l'avoit lui-même laiffée traîner dans les prifons.

On a voulu en vain affoiblir des traits fi odieux, en
donnant au Sr Girardon un air d'intrigue & de paffion
dans fes démarches. La dépofition du Sr de Villeneuve,
qui n'eft qu'une *charge* miférable, fuffifamment démen-
tie déja par la dépofition du Sr Barralon, l'eft bien plus
encore par la conduite honnête & paifible que le fieur
Girardon tient dans ce procès fous les yeux des Magiftrats, en laiffant avec confiance dans leurs mains,
le foin d'affurer fon bon droit, & de venger fon injure.

Mais il n'en eft pas ainfi des faits graves que renferme contre l'Avocat du Roi ce feptieme chef. On ne
les affoiblira jamais par aucunes confidérations, par aucunes explications, parce qu'ils ont en eux-mêmes une
gravité qui leur eft propre ; gravité d'autant plus frappante, qu'il fait plus d'efforts pour en écarter la preuve.
Ce font ces efforts mêmes qui la rendent encore plus
preffante fur des faits que l'honneur de la Magiftra-
ture ne peut laiffer ou incertains ou impunis.

Quelles font donc ces vaines & indécentes tentatives pour faire écarter les monitoires demandés ? Les Lettres-patentes de 1695, article 26, ne permettent, nous dit-il, d'ordonner des monitoires que pour des faits *graves*, que pour des *scandales* publics.

Quels faits paroîtront donc *graves* & *scandaleux* à l'Avocat du Roi, si d'avoir capté un testament par les voies les plus répréhensibles, d'avoir soutenu cette captation par la procédure la plus vexatoire, d'avoir suivi cette procédure au mépris d'un Arrêt de défense, d'avoir forcé trois Citoyens à s'enfuir de leur patrie, d'avoir fait lancer induement cinq décrets, trop graves contre les uns, trop légers contre les autres, d'avoir fait emprisonner tortionnairement une pauvre femme, d'avoir défendu de la laisser parler à personne, d'avoir été l'intimider lui-même IMMÉDIATEMENT AVANT SON INTERROGATOIRE, par les menaces les plus accablantes, d'avoir requis ensuite que *son procès lui fût fait & parfait*, n'est à ses yeux qu'une suite d'évenemens ordinaires & d'actes légitimes, peu dignes de l'attention des Magistrats ?

Mais ce même article 26 ne permet-il pas les monitoires, lorsqu'ils paroissent nécessaires aux Juges pour acquérir la preuve ? & quand le furent-ils davantage que dans une Ville où tout plie, où tout gémit sous le pouvoir redoutable d'un homme qui ordonne à son gré les emprisonnemens & les décrets, & qui, par tout ce qui s'est passé, n'apprend que trop à nos Juges combien une preuve testimoniale destituée de ce secours que la Religion prête à la Justice, seroit tout-à-la-fois difficile, affoiblie, obscurcie, & presqu'impraticable ? Qu'il se rassure au reste sur cette preuve qui l'effraie tant, &

qui doit en effet l'effrayer ; la démonſtration eſt déja portée dans cette affaire à un ſi haut degré, que pour porter leur vœu en connoiſſance de cauſe, les Magiſtrats n'ont beſoin aujourd'hui ni de preuves, ni d'inſtructions ultérieures, ni de monitoires. *Signé*, GIRARDON.

SECONDE CHAMBRE DES REQUÉTES DU PALAIS.

Me ELIE DE BEAUMONT, Avocat.

FAITS articulés par Requête du 27 Février 1765.

PREMIER FAIT.

QUE le sieur Ferriol tomba malade le 18 Mars 1764, & qu'alors les trois freres sieurs Dulac ne le perdirent plus de vue : que l'aîné, Médecin, étoit son Médecin ordinaire : le second, Avocat du Roi ès Sieges de Forez, étoit son Conseil ordinaire : le troisieme étoit son Curé. Que leurs trois différens & importans ministeres les autorisant à se relever auprès du malade, toujours l'un d'eux étoit dans sa chambre ou à son chevet, jusqu'au 25 du même mois qu'il est mort, la maladie n'ayant duré que sept jours.

II.

Que depuis le 18 Mars 1764, jour auquel le sieur Ferriol fut atteint de la maladie dont il est décédé, jusqu'au 24 du même mois, veille de son décès, les sieurs Dulac se sont réunis pour interdire aux Dames Vincent & Girardon l'entrée de sa maison.

III.

Que pour écarter tous ceux qui pouvoient traverser leurs vues, le Médecin Dulac a affecté d'assurer pendant le cours de la maladie, & jusqu'à la derniere extrêmité, que c'étoit une indisposition peu considérable, qu'il n'y avoit point de danger, afin que la famille n'en prît aucune inquiétude; quoiqu'il soit devenu notoire

& conſtant dans la ville de Saint-Etienne que la maladie, dès l'origine, s'étoit annoncée comme mortelle,
& qu'il l'avoit jugée telle.

I V.

Que la nommée Claudine Gerin, Garde-malade
du ſieur Ferriol, s'apperçut dès le commencement d'un
ſigne mortel; qu'elle le dit à la Dame veuve Peyron,
co-aſſociée dans les projets des ſieur Dulac, qui lui répondit qu'elle n'y connoiſſoit rien, & que le Médecin
Dulac en ſavoit bien plus qu'elle.

V.

Que le ſieur Dulac, Avocat du Roi, fut dans la
maiſon & chambre du malade, le jour du teſtament
(21 Mars) depuis ſix heures du matin juſqu'à dix;
qu'alors il fit une courte apparition à l'Audience; qu'il
en ſortit même avant qu'elle fût achevée; qu'il paſſa
chez le Notaire deſtiné à recevoir le teſtament, & qui
eſt en même tems Procureur à ſon Siege; que pendant
la courte entrevue du Notaire & du teſtateur, il reſta
caché derriere un lit à côté d'une cloiſon, ou retranchement fait ſur la chambre du malade, qui lui permettoit de tout entendre, même de voir par les fentes
ce qui s'y paſſoit.

V I.

Qu'immédiatement après la clôture du teſtament,
l'Avocat du Roi deſcendit, & dit aux Domeſtiques
qu'ils auroient lieu d'être contens.

V I I.

Que le jour même du teſtament la Dame Dulac, femme de l'Avocat du Roi, & bien inſtruite par lui de ce qui devoit arriver, partant pour Montbriſon, ne put contenir ſon impatience, & qu'elle pria une De-moiſelle de ſes amies de lui dépêcher un exprès auſſi-tôt après la mort du ſieur Ferriol, parce qu'elle pré-voyoit que ſon mari ſeroit trop occupé des affaires de cette ſucceſſion pour ſonger à elle.

V I I I.

Que le ſoir du même jour du teſtament, le ſieur Ferriol demanda que l'on fît venir le Notaire Ferran-din ; qu'alors l'Avocat du Roi qui étoit dans la cham-bre lui parla à l'oreille ; mais que cet entretien ne cal-ma que pendant quelques inſtans l'envie qu'avoit le ſieur Ferriol de changer ſon teſtament.

I X.

Que le 22 le ſieur Ferriol demanda que l'on fît avertir les Dames ſes ſœurs, & pria le ſieur Dulac, Curé, de les faire avertir qu'il vouloit leur parler ; & que le Curé éluda cette propoſition, en diſant : *il ſuf-fit que vous ne leur veuilliez point de mal.*

X.

Que le même jour 22, le nommé Philibert, domeſ-tique du ſieur Ferriol, alla dans une maiſon pour s'ac-quitter d'une commiſſion pour la Dame Ferriol, & qu'il y dit que ſon maître lui avoit pluſieurs fois ordon-né né d'aller chercher le Notaire Ferrandin pour refaire son teftament, mais que les fieurs Dulac ne l'avoient pas voulu.

X I.

Que le 24, veille de la mort, le fieur Ferriol fentant de plus en plus le danger dont il étoit menacé, malgré les flatteries des fieurs Dulac, demanda que l'on fît venir le fieur Abbé Morel fon Confeffeur ordinaire : que le fieur Abbé Morel, quoiqu'un peu indifpofé, fe feroit rendu à cette invitation ; mais que le Médecin Dulac, qui redoutoit fa probité, fe rendit exprès chez lui pour l'en détourner, en lui difant : *gardez-vous bien d'y aller, il ne manquera pas de Confeffeur ; vous êtes bien, n'allez pas vous rendre malade :* qu'alors le fieur Ferriol demanda le Pere Gilier, Capucin, qui fut également écarté par les fieurs Dulac, qui firent appeller le fieur Chové, Vicaire furnuméraire du fieur Dulac, Curé, & à fes appointemens particuliers ; & que ledit fieur Chove eft parent de la femme du Médecin Dulac.

X I I.

Que ce même jour 24, il ne fut plus poffible de différer l'impatience qu'avoit depuis deux jours le fieur Ferriol que l'on fît avertir fes fœurs ; que le fieur Dulac, Curé, craignant d'irriter le malade en le refufant plus long-tems, prit le parti d'aller lui-même chez les Dames Vintene & Girardon, & de les conduire jufqu'au lit de leur frere, fans qu'elles parlaffent à per-

M

sonne dans la maison ; que lui-même, contre toute bienséance, resta présent à cette entrevue ; & que la voyant suivie d'attendrissement, il prit occasion de cet attendrissement, pour dire qu'elles causoient trop d'émotion au malade, & pour les presser de se retirer : à quoi elles n'oserent résister.

X I I I.

Que le sieur Ferriol, lorsqu'il eut vu ses sœurs, demanda que l'on fît venir le Notaire ; que l'on feignit d'abord de ne pas l'entendre, & qu'ensuite le sieur Dulac, Avocat du Roi, lui répondit *de ne pas s'inquiéter, qu'il n'étoit pas si malade qu'il le pensoit, que dans deux ou trois jours il feroit ce qu'il voudroit :* que quelques instans après, le sieur Ferriol revint à la charge, mais qu'on ne l'écouta pas, & que le Notaire ne fut point appellé.

X I V.

Que la derniere nuit du sieur Ferriol, qui fut celle du 24 au 25, il répéta plusieurs fois : *Je meurs en désespéré : que diront de moi les honnêtes gens ? Je déshonore ma famille, qu'on aille promptement chercher le Notaire.*

X V.

Que le sieur Ferriol étant mort le 25 Mars à midi, son Chirurgien alla dîner dans une maison, où il y avoit plusieurs personnes ; qu'on lui fit de vifs reproches de n'avoir pas connu cette maladie, en disant jusqu'au dernier moment que ce n'étoit rien : à quoi le Chirurgien répondit, que dès l'origine le Médecin

Dulac & lui l'avoient jugée mortelle; mais qu'ayant vu le Médecin traiter cette maladie de légere indifpo- fition, & qu'étant fous fes ordres, il ne pouvoit pas tenir un langage différent du fien.

X V I.

Que dans le cours de la maladie du fieur Ferriol, un Exprès dépêché de Saint-Didier en Velay, lieu de l'origine des fieurs Dulac, vint avertir le Médecin que fa mere étoit dangereufement malade, & réclamoit fes fecours; à quoi le Médecin répondit qu'il ne pouvoit quitter le fieur Ferriol, & qu'il avoit les raifons les plus importantes pour refter auprès de lui.

X V I I.

Qu'après la mort du fieur Ferriol, le fieur Dulac, Curé, s'étant rendu à Saint-Didier, il y vanta beau- coup, de même que la Dame veuve Poivre, la géné- rofité du Médecin qui, pouvant avoir l'hoirie du fieur Ferriol en entier, avoit fait nommer pour héritier fon frere l'Avocat du Roi qui en avoit plus befoin que lui.

X V I I I.

Qu'auffi-tôt après la mort du fieur Ferriol, le bruit de la captation & de la fuggeftion étant devenu uni- verfel dans Saint-Etienne, l'Avocat du Roi voulut s'affurer, par des dépofitions anticipées, les témoins qui auroient pû dépofer en faveur de la famille : qu'en conféquence il rendit plainte lui-même de prétendus propos injurieux qui tendoient à l'accufer d'avoir capté

& suggéré le testament : qu'il fit dire au nommé Philibert, domestique du sieur Ferriol, de venir lui parler ; que ce domestique fut renvoyé chez le sieur Mey, Greffier de la Sénéchaussée (où l'on n'avoit pas cru devoir le citer d'abord), chez lequel l'on lui dit qu'étoit l'Avocat du Roi : qu'arrivé chez le sieur Mey, il y trouva effectivement l'Avocat du Roi qui le fit entrer dans une chambre, & se retira ; qu'à l'instant l'on ferma la porte à la clef : que Philibert effrayé de cette détention, resta au pouvoir du sieur Bernou, Conseiller, & du Greffier, qui lui firent plusieurs questions coup sur coup ; écrivirent & le renvoyerent.

X I X.

Qu'aussi-tôt après la mort du sieur Ferriol, l'Avocat du Roi offrit sa maison & sa protection au sieur Mazenod qui logeoit depuis quelques années chez le sieur Ferriol dont il étoit l'ami ; que ledit sieur Mazenod accepta les offres de service de l'Avocat du Roi : qu'il a été entendu dans la Procédure extraordinaire ; mais que ledit sieur Mazenod a dit à plusieurs personnes *qu'il en savoit plus qu'il n'en falloit pour la cassation du testament*, & que lorsqu'il seroit assigné par les héritiers, il ne trahiroit point son honneur & sa conscience.

X X.

Que Claudine Gerin, Garde-malade du défunt, ayant été assignée en déposition au mépris d'un Arrêt de défense obtenu par les héritiers du sieur Ferriol, se rendit à cet effet auprès du Juge & du Greffier :

qu'elle apprit qu'il falloit fe conformer à l'ufage particulier du Siege de Saint-Etienne, de conftituer Procureur : que n'étant pas en état de fupporter ces frais,
elle s'adreffa au fieur Chomat, Procureur du fieur Dulac, Avocat du Roi, qui lui promit de la faire avertir
dès jour & heure, & n'en fit rien : que le 9 Novembre
dernier, elle fut enlevée de la maifon du fieur Billa-
coys, Directeur des Aides où elle fervoit, & traînée
en prifon : que fon mari, fa belle-fille & autres perfonnes s'y étant rendus pour la voir, le Geolier le leur
refufa, en difant que le fieur Avocat du Roi lui avoit
défendu de la laiffer parler à perfonne : que peu de tems
après, l'Avocat du Roi s'étant rendu à la prifon, lui
dit, fur ce qu'elle lui demandoit les caufes de fa détention : *c'eft pour avoir trop parlé, tu n'as qu'à prendre
garde à ce que tu diras dans l'interrogatoire que l'on va te
faire, autrement je te ferai mettre au cachot.*

*AUTRES FAITS articulés par Requête du 27 Juin
1765.*

X X I.

Que le 22 Mars 1764, la Dame Vincent parla
chez la Dame de Curnieux au fieur Dulac, Médecin,
qui lui dit, *votre frere n'eft point mal, il fe frappe, je
ne faurois guérir l'imagination.*

X X I I.

Que le foir du lendemain 23, ledit fieur Dulac,
Médecin, répondit à une perfonne qui étoit inquiete
de la mauvaife nuit qu'avoit paffée le fieur Ferriol ; *la*

prochaine *fera plus mauvaife , mais il n'y a aucun danger.*

XXIII.

Que le fufdit jour 23 Juillet , veille de l'adminif-tration des Sacremens, la Dame Vincent fit prier par une perfonne le fieur Abbé Morel de fe tranfporter auprès du fieur Ferriol , *& qu'il promit formellement de s'y rendre* , fi l'on pouvoit lui procurer une chaife à porteur.

CERTIFICAT *du Greffier de la Senéchauffée de Saint-Etienne , produit par le fieur Dulac.*

APPERT des Regiftres des Audiences de la Sénéchauf-fée de Forez, exercée à Saint-Etienne, que Me Fer-randin , l'un des cinq Procureurs de réfidence en cette ville, à affifté à l'Audience tenue le 21 Mars 1764; & moi Greffier en ladite Sénéchauffée attefte que ledit Me Ferrandin n'eft forti de l'Auditoire que lorfque l'audience a été levée; qu'il y a refté depuis fon com-mencement jufqu'à la fin, ce qui eft notoire à tous ceux qui étoient préfens à ladite Audience.

Signé, MEY, *Greffier.*

TABLEAU GÉNÉALOGIQUE

Produit par les Sieurs Dulac de leur prétendue parenté avec le sieur Ferriol.

JEAN TARDI DE MONTRAVEL
épousa en 1590 Isabelle Granjon, dont sont issus

Durand Tardi de Montbet, marié à Marguerite Drevet.	François Tardi de Montravel épousa en 1631 Antoinette Bouche.
Marguerite Tardi de Montbet, mariée en 1690 à Pierre Laurenſſon.	Marc-Antoine Tardi de Montravel épouſa en 1660 Marie-Françoiſe de Huſſy de Peliſſac.	Barthelemi Ferriol épouſa Louiſe Girard, dont sont iſſus
Catherine Laurenſ-ſon, mariée en 1707 à Jean-François Sonyer Dulac, Doĉteur en Médecine.	Jean Tardi de Montravel épouſa le 9 Novembre 1697 Catherine-Roſe Ferriol, fille de Barthelemi Ferriol.	François Ferriol épouſa Marie Jany, dont sont iſſus
Denis-Auguſtin Sonyer Dulac, Doĉteur en Médecine. Jean Sonyer Dulac, Avocat du Roi au Bailliage de Forez.	Claudine Tardi de Montravel, non mariée.	Benoît Ferriol, *de cujus*, marié 1°. à Demoiſelle Philippe Gonin Delurieu, 2°. à Jeanne Vala, ſans poſtérité.	Catherine Ferriol, veuve du ſieur Vincent. Et Françoiſe Ferriol, mariée au ſieur Giraidon.

On voit par ce tableau qu'il n'y a entre les Ferriol & les Dulac ni parenté, ni même alliance. Les Demoiſelles Ferriol n'ont de parenté, & le Sieur Ferriol, teſtateur, n'en avoit qu'avec Claudine Tardi de Montravel leur couſine germaine. Ils ſont étrangers à tous les autres Tardi, il n'y a pas même entr'eux d'alliance, puiſque l'alliance n'a ſubſiſté qu'entre Catherine-Roſe Ferriol, mariée en 1697 à Jean Tardi de Montravel, & les parens de ce Jean Tardy; & les Sieurs Dulac ne ſont parens que des Tardi.

Me COCHU fils, Avocat.

De l'Imprimerie de L. CELLOT, rue Dauphine 1765.

www.ingramcontent.com/pod-product-compliance
Lightning Source LLC
Chambersburg PA
CBHW060438260626
47161CB00005B/1982